三毛猫ホームズの十字路

赤川次郎

角川文庫
23184

三毛猫ホームズの十字路　目次

プロローグ

長く、重苦しい沈黙があった。

晴美《はるみ》は、ちょっと座り直して背筋を伸すと、

「そういうことだから」

と、少し強い口調で言った。「もうあなたも絵美《えみ》のことは諦《あきら》めて。これ以上、あなたが何をしても、却《かえ》って絵美はますますあなたを避けるようになるわ。——分るでしょ？」

返事は期待しなかった。

ともかく三十分も前から、ほとんど同じことを晴美はくり返し言っていたのだ。

「そりゃ、今は凄《すご》く辛《つら》いかもしれないけど、人間、時間がたてば、どんなことも忘れていくのよ」

と、晴美は少しやさしい調子で、「いずれ、あなたもこの経験が懐しい思い出になるわ。だから、これできれいに別れてちょうだい」

——もう閉店になりそうな喫茶店。

晴美たちのテーブルの他には、一組のカップルがいるだけだった。

片山《かたやま》晴美の隣に座っているのは、友だちの永山《ながやま》絵美。そして、向い合っている男は、久《く》保崎《ぼざき》といった。

三人とも、前に置かれたコーヒーは冷め切っていたが、ほとんど口をつけていなかった。そんな雰囲気ではなかったのだ。

「——久保崎君」

と、永山絵美が言った。「お願い。分ってちょうだい」

「もうこれで、一切連絡はしないことにしましょうね」

と、晴美は言った。「絵美はケータイを替えたわ。番号もメールアドレスも変ってる。いいわね？」

——この半年余り、絵美につきまとっている久保崎睦《むつみ》は、晴美の言葉を聞いているのかどうかさえ、はっきりしなかった。

表情が全く変らない。まるで目を開けたまま眠っているのかと見えるほどだ。

しかも、無気味なのは久保崎が、いかにもストーカー風の印象ではなく、ごく普通の背広にネクタイというスタイルのサラリーマンにしか見えないことだった。実際、久保崎は今二十四歳で、大手とは言えないが、多少は名を知られた中規模企業に勤めている。

長い沈黙に耐えられないように、永山絵美が口を開きかけたのを、晴美は目で押しとどめた。

ここで言い訳めいたことを口にすれば相手の思う壺《つぼ》だ。こっちはボールを投げた。今度は向うが投げ返す番である。

晴美は正面から久保崎を見つめた。相手の目は、どこか宙を見ているようだった。

何分でも頑張ってやる。何十分でも。

もっとも、店が閉ってしまいそうだが。

しかし、思いがけず、一分ほどで久保崎が口を開いた。

「よく分りました」

と、平板な声で言うと、「ご迷惑をかけてすみません」

絵美が、

「久保崎君――」

と言いかけるのを、晴美は止めた。

久保崎は立ち上ると、

「それじゃ……。元気で」

と、小さく頭を下げ、バッグを抱えると、伝票を手に取った。「ここは僕が」

「ごちそうさま」

と、晴美は言った。

久保崎は、レジで支払いを済ませると、チラッと晴美たちの方を振り返って、出て行った。

絵美が大きく息を吐いて、

「やっと！——晴美、ありがとう」

と、晴美の腕をつかんだ。「私だけだったら、とても別れられなかったわ」

晴美はコーヒーカップを取り上げようとして、冷め切っているのに気付いてやめた。

「これで終ればいいけどね」

と、晴美は言った。

「え？」

絵美はギョッとしたように、「でも、久保崎君、あれだけはっきりと——」

「それが心配なの」

と、晴美は言った。「何だか、予《あらかじ》め言うことを決めていたように聞こえた。それに、最後に店を出る前、チラッと振り向いたとき、気のせいかもしれないけど、口もとに笑いを浮かべてるように見えたの」

「晴美……。怖いこと言わないでよ」

絵美が、ますます力をこめて、晴美の腕にしがみついて来る。

「——恐れ入ります。じき閉店ですが」

ウエイトレスに言われて、二人は、

「はい、もう出ます」

と、立ち上った。


「ごめんね、晴美」

と、絵美は晴美の方へ身を寄せて、「結局うちまで送らせちゃって」

「仕方ないわよ。友情の証《あかし》」

と、晴美は笑って言った。「でも、ちょっと寒いね」

北風が吹きつけて来て、晴美も絵美もマフラーに顔を半分埋《うず》めている。

久保崎との別れ話に一応けりはついたようだったが、二人でラーメンを食べての帰り道、

「もし、久保崎君がどこかで待ってたら……」

と、絵美が怖がって、仕方なく晴美はついて来たのである。

アパートの入口で、

「ありがとう、晴美」

「どうせなら、部屋の中まで見届けるわよ」

「そう頼もうと思ったの」

「全く！　この甘えん坊は！」

と、晴美は笑って絵美の頭をポンと叩《たた》いた。

絵美は部屋の鍵《かぎ》を開けた。――絵美はこのアパートに一人暮しである。

「入って。――大丈夫みたいね」

絵美が明りを点《つ》けた。

新しいので、きれいな作りである。

「じゃ、ちょっとお手洗貸して」

と、晴美は靴を脱いで上った。

「――ドアが」

と、絵美が言った。

「え？」

「いつも、ドアは開け放しておくんだけど、私」

短い廊下の奥のドアが閉っていた。

「あそこは――寝室だっけ」

「うん」

「開けるのを忘れただけかも。でも用心に越したことは……」

晴美は静かにそのドアへ近付いた。

「――絵美。この臭いは？」

「え？」

絵美は眉《まゆ》をひそめて、「何だろう？　こんな臭い、しなかったと思うけど」

晴美はそっとドアのノブに手をかけた。

静かにドアを引く。少し抵抗があった。何かを引張《ひっぱ》っているような……。

「誰かいる？」

と、絵美が中を覗《のぞ》こうとする。

そのとき、晴美はドアの内側のノブに何か細い糸がつながれていることに気付いた。ドアを手前に引くと、その糸を引張っているのだ。

部屋の中は暗い。そして、突然、その糸の張っていた力が抜けて、緩んだ。

「絵美、危《あぶな》い！」

晴美は絵美をわきへ押しやった。

次の瞬間、寝室の中で爆発が起った。晴美の眼前で、一瞬、真白《まっしろ》な閃光《せんこう》が炸裂《さくれつ》した。

ドアが吹っ飛んで、晴美は一緒に廊下へと叩きつけられた。

絵美の悲鳴。降りかかる細かい破片。

「――晴美！」

絵美がドアを持ち上げて、晴美を抱き起した。「晴美！　大丈夫？　けがは？」

白煙が立ちこめて、化学薬品らしい臭いが鼻をついた。

「ごめんね！　晴美をこんな目に──」

「どこにいるの？　──絵美」

「ここよ！」

「明りは？　消えてる？」

「点いてるわよ。──晴美！」

「見えない」

晴美は空を手で探った。「何も見えないい！」

「絵美……」

1　暗闇

片山義太郎《よしたろう》は、病室のドアを開けた。

「誰？」

と、少し緊張した声がした。

「俺だ。石津《いしづ》も一緒だよ」

「お兄さん……。忙しいのに、大丈夫なの？」

晴美はベッドに横たわっていた。

火傷《やけど》をした左手に包帯をしている。そして、傷んだ両目を覆って、包帯が広く巻かれていた……。

「晴美さん！　しっかりして下さい」

と、石津がベッドのそばへ駆け寄ると、「代れるものなら僕が代りに入院するんですけど」

「ありがとう、石津さん」

と、晴美は微笑んだ。「お兄さんと二人？」

「いえ、その……」

と、猫の声。

「ニャー」

「ホームズ！　来てくれたのね」

晴美が手を動かすと、ホームズはタタッと駆けて行って、フワリとベッドの上に飛び乗り、晴美の手に体をこすりつけた。

「ホームズの毛並みだわ！　嬉《うれ》しい！」

と、晴美が声を上げた。

「――医者と話して来たよ」

と、片山はベッドのそばへ寄って、「視神経などはどこもやられちゃいないそうだ。ただ強い光を浴びて、一時的に見えなくなってるだけだというから、そうやって目を休めるしかない」

「うん」

と、晴美は肯《うなず》いた。

「久保崎睦は昨夜から姿をくらましてる。もちろん会社も無断で休んでいて、どこにいるのか誰も知らない」

「ふざけた奴だ！」

と、石津は怒りに声を震わせて、「晴美さんをこんな目に遭わせて！　僕がこの手で引っ捕えてやります！」

「ありがとう、石津さん。でも、あなたまでこんなことにならないでね」

「久保崎の手製の爆弾は、でき損《そこな》いだったらしい。本当なら、アパート全部が吹っ飛ぶくらいの火薬が仕掛けてあったそうだ」

「まあ……。正気じゃなかったのね。会って話してるときに、見抜くべきだった」

「計算通りに爆発してたら命はなかった。不幸中の幸いだな」

「私より、絵美を。――絵美が狙われたんだもの。絵美の身辺を気を付けてあげて」

と、晴美は兄の方へ顔を向けて、「お願いよ。ああいう男は執念深いわ」

「分ってる。心配するな」

片山は晴美の手を握った。「永山絵美には刑事を付けてある。久保崎が現れるかもしれないしな」

「ありがとう」

「見舞に来たがったけど、久保崎が逮捕されない内は危いからな。後で電話すると言ってたよ」

「電話……。ケータイ、ある？」

「お前のがここにある」

と、片山が手渡すと、晴美は両手でケータイを撫《な》で回して、

「いつも使ってるのに……。見えないと、どっちが表かもよく分らないものね」

と言った。「見えないって、本当に大変なことだわ」

「ともかく、じっと寝てるしかない。また来るからな」

「うん。大丈夫よ、私は」

と、晴美は微笑んだ。「石津さんも、そう心配しないで」

「晴美さん――」

「早く、久保崎を見付けてちょうだい」

「任せて下さい！　引っくくって、ここへ連れて来ます！」

「頑張って」

と、晴美は笑って言った。

「ニャー……」

「そうだ。ホームズを置いてくよ。病院の方には許可を取るから」

「大丈夫よ。ホームズだって、病室の中だけじゃ、可哀そう。また連れて来てちょうだい。私はゆっくり休んでるから」

「そうか？　――一応、用心に、警官を廊下に置いとくことにするけど」

「ニャー」

と、ホームズが文句をつけるように鳴いた。

「そうよね、ホームズ。──この病室の前にお巡りさんがいたら、ここに私がいるって教えてるようなもんだわ」

「それもそうだな」

片山は苦笑して、「じゃ、このフロアのナースステーションにいてもらう。それならいいだろ?」

「ええ。じゃ、そうして」

晴美は深く息をついて、「普段の寝不足を取り戻してやるわ」

と言った。


ケータイが、テーブルの上で鳴った。

「──もしもし」

「母さん?」

「睦! どこなの、今?」

と、久保崎洋子《ようこ》は言った。

「刑事が来た?」

「僕は何もしてないんだ！　本当だよ」

「ええ」

「分ってるわ」

と、洋子は言った。「あんたに人を傷つけるなんてこと、できるわけない」

「僕を罠《わな》にはめようとしてるんだ」

「だから言ったじゃないの！　あんな女の子はやめておけって！」

「永山絵美だけじゃないんだ」

「何ですって？」

「彼女に悪い女友だちがいてね。あることないこと、彼女に吹き込んだんだ」

「何て女でしょ！　どこの何という女？」

「片山晴美っていうんだ」

「片山晴美ね」

と、メモを取る。

「その女が本当にひどい奴なんだよ」

「どっちもよ！」

と、洋子は言った。「安心なさい。お母さんが、天罰を下してやるわ」

「お母さん……。僕を信じてくれるよね」

「当り前じゃないの。たとえ世界中があんたの敵になっても、お母さんは味方よ」

「ありがとう……」

久保崎睦は涙ぐんでいた。「お母さん、愛してるよ」

「睦……。助けに行ってあげたいけど、きっとこの家は刑事が張り込んでるからね」

「うん、分ってるよ」

「でも……」

と、洋子は少し考えて、「そうね。――出かければ、尾行をまくぐらい簡単。ね、睦。どこかで落ち合いましょ。すぐ逃げられる場所を選んで」

「でも、お母さんまで刑事に追われるよ。僕は大丈夫。お母さんまで巻き込みたくない」

「心配しないで。自分のことぐらい、面倒みられるわ」

洋子はそう言って、「お金がいるでしょ。よく聞いて……」

――二階建の、ありふれた建売住宅。

築二十年以上になるので、全体にやや薄暗い印象があるが、決して汚れてはいない。そう広くはないが、小さな庭もあって、家族四、五人で暮すには充分である。

だが、今はそのリビングに久保崎洋子一人。

家の中はどこか生気がない。

久保崎洋子は五十三歳。息子、二十四歳の睦だけが、今の家族である……。

「近所で話を聞きました」

と、石津はメモを見て言った。「久保崎洋子は、ほとんど近所付合いがなく、特に親しい人間もないようです」

片山は肯いて、

「会った感じでも、人嫌いのようだったな」

と言った。「他の家族は？」

――明るい日射しが喫茶店の中へ差し込んでいる。

冬の晴れ間で、外は北風が冷たい。

「それが、以前は四人家族だったそうです」

「四人？」

「久保崎悟《さとる》というのが、洋子の夫で、保険会社に勤めていた、ごく普通のサラリーマンだったそうですが、四、五年前から姿を見せなくなったとか」

「消えたのか？」

「保険会社へ問い合せましたが、『今はもういません』と答えるだけで」

「いわくありげだな。――直接当ってみよう」

「もう一人、娘がいたそうです。長女の遥《はるか》、三十歳です。ＯＬでしたが、やはり悟がいなくなった少し後に、家からいなくなったとか……」

「今どこにいるか――」

「調べています」

「結局、母親の洋子と息子の睦の二人になったわけか」

片山は、洋子に会ったときの、何とも言えず冷ややかな、はねつけるような眼差《まなざ》しを思い出した。

「五十三にしては老けて見えるな。――ともかく息子がやったことを絶対に事実とは認めてない。監視は続けないと」

片山はコーヒーを飲んで、明るい光がまぶしい表の風景を、目を細くして眺めると、

「晴美にはこの明るい光も見えないんだな……」

と呟《つぶや》いた。

片山のケータイが鳴った。

「――もしもし。――そうか。尾行してくれ。見失うなよ」

片山は立ち上って、「洋子が出かけた。息子と会うつもりかもしれない」

「行きますか」

「出よう」

片山は伝票をつかんで言った。

「どうですか」

と、看護師に訊《き》かれて、

「つまらねえ」

と、下河勇介《しもかわゆうすけ》は答えた。「おい、ここに女は呼べないのか」

「私も女ですけど」

と、小太りな看護師は下河の脈を取って、

「——はい、熱を測って下さい」

「お前みたいな、色気も何もない女じゃなくて、女らしい女だ」

「そういうこと言うと、セクハラで訴えられますよ」

看護師は、記録を取ると、「じゃ、ごゆっくり」

と言って、休憩室を出て行った。

「畜生！」

車椅子で、下河勇介は悪態をついたが、聞く者はない。

休憩室は雑誌やTVがあるが、病院の中である。雑誌といっても、ヌードなんか載っていない、面白くも何ともないものばかりだ。

TVを見ようにも、女の患者たちに占拠されていて、手が出せない。

いつもの下河なら、

「てめえら、邪魔だ！」

と、ひと声怒鳴りゃ、女たちは震え上るだろうが……。

いや、実は一度試してみたのである。しかし、女七、八人が一斉に、

「こっちが見てるのよ！」

「男のくせに！」

「文句あんの？」

と、喚《わめ》き立てる、その迫力たるや、下河も引込むしかなかったのである……。

それに今の下河は車椅子。――車にはねられて両足を骨折してしまったのだ。

まあ、車椅子を操るのも大分慣れた。

入院といっても、これまではせいぜい一日、二日。今度のように何か月にもわたる長期入院は初めてだ。

ここの前にいた所は――入院とは言えない。

下河勇介は、刑務所で三年の刑期をつとめて、出所したばかりなのだ。

出所したその日、車に用心して歩くという習慣を忘れていて、車にはねられたのである。

しかし、一応車の方が悪いというので、そのドライバーに入院費も負担させている。

両足の骨折で、何かと不便ではあるが、もともと出所して帰る所もなかった。この病院

にいれば、飯は食えるし、夜はいいベッドで寝られる。

しかも――一応看護師の女もそばにいるし。

退屈と言ってはぜいたくだ。あの刑務所での日々に比べれば……。

入浴だって、ちゃんと手伝って入れてくれる。刑務所みたいに十五分で全部済ませて出ろなんてことは言われない。

「もう……二度と」

二度とごめんだ。あんな所へ戻るもんか！

殺人の共犯として逮捕されたが、裁判では単に車を運転しただけで、殺人については関知しないと認められた。

しかし、三年間は、あそこでは三十年にも感じられたものだ……。

「片山の奴……」

あのなで肩の刑事、許しちゃおかない！

そのとき、

「片山さん、休憩室ですよ」

と声がして、びっくりした。

ちょうど片山刑事のことを考えてたところへ、「片山さん」と来た。

ま、偶然ってものだろうが……。

「広いんですね。声の感じが……」

「ええ。ソファがあって、大型TVと、新聞雑誌と……」

「どれもあんまり役に立たないけど」

と、その患者は笑って、「でも、大丈夫です。私、一人で中を探険してみますわ」

「まあ、でも……」

「ご心配なく。また後で様子を見に来て下さい」

「分りました」

看護師が肯いて、「何かあれば、他に患者さんが何人もいますから、声をかけて」

「ええ」

目に包帯をしたその若い娘は、手にした杖《つえ》で、足下《あしもと》を慎重に探りながら、ゆるゆると進んで来た。

下河は首をかしげた。

この声……。どこかで聞いたような気がする。

見えないのか。――さぞ不便だろう。

何か突然のことで、視力を失ったのだろうが、それにしては明るくしている。

小さく足を出して、少しずつ進んで来ると、ちょうど下河の方へ。杖の先が、車椅子の車輪に当って、

「あ……。すみません」

「いや、いいよ」

と、下河は言った。「俺が道をふさいじまってるんだ」

「何か……金属に当ってます？　車椅子ですか？」

下河はびっくりして、

「見えねえんだろ？　よく分るな」

「音が金属みたいだし、お声がちょうど座っているくらいの位置から聞こえるので」

「なるほど」

下河は感心した。「今車椅子を動かしてどくから」

「あ、私が向きを変えます。──右と左、どっちが広いですか？」

「右へ行くと、ソファと壁だ。左の方が広いが、口うるさい女たちがTVを見てるからな。その女たちとTVの間に入ることになる。やめといた方がいいぜ」

女は笑って、

「ご親切に」

と言った。「じゃ、右に行ってみます」

パジャマにガウンをはおったその女は、右を向くと、杖で床を探りながら歩いて行った。

下河は、その度胸に感じ入った。

まるで知らない所を、目をつぶって歩けと言われたら、自分なら怖くて動けないだろう。

その若い女は、勘がいいのか、杖の先で巧みにソファを探り当てると、

「どなたか座ってらしたら、教えて下さい」

と、声をかけた。

「今は誰もいないよ」

と、下河は言って、車椅子をソファの方へ動かして行った。

「どうも……」

女はソファにゆっくりと腰をおろした。

「目の前にテーブルがある。膝《ひざ》をぶつけるなよ」

下河は言った。

「はい。どうも」

「いい勘してるね」

「そうですか？　でも、部屋の広さとか、見当もつきません」

「見えなくなって……」

「三日目です。強い光を見たもので。いずれ元に戻ると言われてます」

「そうか。それは何よりだ。俺の方が長いなきっと」

「足のおけがですか？」

「車にはねられて、両足骨折さ」

「まあ……。痛かったでしょうね」

「そのときは気絶してたからな。病院へかつぎ込まれてからの方が大変だった」

「まだ大分かかりそうですか」

「三か月くらいは車椅子だろうな。筋肉も落ちちまうだろうから、歩けるようになるのに時間かかりそうだ」

おばさんたちの見ているTVから、にぎやかなお囃子《はやし》が聞こえて来た。

「落語だな」

「落語か……。本も読めないし、いいですね。兄に言って、落語のテープでも持って来てもらおう」

と言って、「私、片山晴美です。よろしく」

「下河……原。下河原《しもかわら》っていうんだ」

つい、本当の名前が言えない下河だった。

2　見回り

国原《くにはら》は、壁の時計を見上げた。

「時間かな、もう」

「まだ早いわよ」

と、娘の郁子《いくこ》が笑って、「さっきから何回同じこと訊《き》くの？　まだ五分もたってないわ」

「いや……。しかし、遅れちゃまずいだろう。今日は俺の受持ちだ」

と、国原は言い訳がましく、「何といってもリーダーなんだ。一番先に行ってないと」

「じゃ、行けば？　でもあったかくして行ってよ」

「ああ……」

国原は立ち上った。

マフラーをして、手袋もはめて……。

膝の痛みは、今日は嘘のように消えている。

「じゃ、行ってくる」

「はい。気を付けて」

郁子は玄関へ出て来て、「しっかりね」

勢い込んで出て行く父親を見送って、郁子はちょっと首を振った。

「任せとけ」

「元気になってくれるのは嬉《うれ》しいけど……」

――阿部《あべ》郁子は、夫、阿部君治《きみはる》とこの団地に入居して七年。

娘は今四歳で、この団地の中の幼稚園に通っている。麻美《まみ》という名だ。

停年を迎えた父、国原修吉《しゅうきち》がここで同居するのは、予定外のことだった。

父が停年になって間もなく、突然母がまだ五十代で亡くなってしまったのだ。

自分では料理や洗濯はおろか、新聞を取って来ることさえしなかった修吉は、妻を失って途方にくれてしまった。

いや、修吉自身は「何も」考えていなかったのだ。ともかく、毎日、何時に帰っても食事の仕度がしてあり、すぐ風呂《ふろ》も沸いて、出て来れば着替えが置いてある。

そんな暮ししか知らない修吉は、妻の葬式が終って家に帰っても、ただぼんやり座っているだけだった。

「誰かが、飯を作って、風呂を沸かして、着替えを出してくれる」

はずだと思っているのである。

一緒に実家へ戻った郁子が、仕方なくその日は母の代りをつとめた。

しかし、二日たち、三日たっても、修吉は自分から何かしようとはしない。

郁子は思い切って父に、

「お母さんはもういないのよ。身の回りのことは少し自分でやらないと」

と、はっきり言った。「うちは狭くて、お父さんを住まわせるスペースなんかないのよ」

修吉も、話を聞いているときは、

「うん。――そうだな。そうだ」

と、肯いていた。

しかし、三日たって、郁子が団地へ戻り、日曜日にまた実家へ行ってみると――。

修吉は、出前の丼《どんぶり》を積み重ねて、洗濯物は風呂場の前に放り出してあり、掃除は全くしていなかった。

郁子は頭を抱えた。

そして――夫、阿部君治と話し合った。

「仕方ないだろ」

と、阿部は言った。「実家に住むか、お義父《とう》さんにここへ来てもらうかだ」

実家に住むには、やっと幼稚園に慣れた麻美を、また別の幼稚園に移さなくてはならない。

他に手はなかった。

団地の限られた部屋の中を、タンスやカーテンで仕切って、父のいる場所を作った。

しかし、今はともかく、麻美が小学校へ入って、いずれ「自分の部屋」が欲しいと言い出したら……。

今の郁子は、先のことまで考えられなかった。

団地に越して来て、急に老けた父のことも心配だった。

病院へ入れなければならなくなったら……。

とてもそんなお金はない。

父の年金はこづかいくらいにしかならなかったのだ。

ここへ越して来てから、父はほとんど一日中TVの前に座っている。

「少し散歩でもしたら?」

と、郁子が言っても、

「うん……」

と答えるだけで腰を上げようとはしない。

そんな父の姿を、麻美にも見せたくなかった。

何とかしなければ……。

そう思いながら、郁子の日々は毎日の雑用に追われて過ぎていくのだった。

そして――つい先週のことだ。

夜、急にこの団地の自治会長がやって来た。

「お父様はおいでですかね」

と言われて、郁子は一瞬ギョッとした。

「父が何かしたんでしょうか」

と、不安がる郁子へ、会長は笑って、

「いや、お願いしたいことがあるんですよ」

と言った……。

多発する、子供を狙った犯罪、あるいは昼間の留守宅を狙った空巣。その防止のために、この団地でも、ボランティアの〈巡回〉をやろうという話だった。

「国原さんは元刑事さんと伺って、これにはやはりプロの目が必要だと思いましてね。ぜひ、この自治会の〈見回り班〉のリーダーをお願いしたいんです」

自治会長の話を聞いている内に、国原修吉の目は見る見る輝いて来た。

腕組みして肯くと、

「承知しました。精一杯つとめましょう」

その声は、現役時代の修吉に戻っていた。

次の日から、修吉は一日中外を歩いて、この広い団地の地理を頭へ入れた。そして、も

らった団地の見取図が真赤《まっか》になるほど書き込みをして、

「いかんな！　こんなことじゃ、変質者が入り込んでも、全く人目につかん」

と、夜、一人で呟《つぶや》きながら、あれこれと考えを練り始めたのだ。

阿部はそれを見て、

「結構じゃないか。誰かに必要とされてるってのは凄《すご》いことだな」

と、感心していた。

修吉は、〈巡回コース〉を何通りか作り、危い場所、時間帯を考えて、二つの班で巡回することにした。

もちろん、参加するのはほとんどが修吉と同様、停年になって時間を持て余している人々だった。

よその団地では、誰がリーダーになるかでもめることが多いらしいのだが、やはりプロの迫力は大したもので、誰一人、修吉の決定に文句をつける者はいなかったのである。

そして今日は修吉自身が巡回する日に当っていた。


ちょっと早過ぎたか……。

国原修吉は、集合場所になっている集会所の前で、吹きつけて来る風の冷たさに首をすぼめていた。

集会所の中で待てればいいのだが、今は着物の着付け教室をやっていて、女性たちが長《なが》襦袢《じゅばん》でいるところへ男がノコノコ入って行くわけにはいかない。

まだ十五分ある。

修吉は一番近い棟に入って、エレベーターの前で立っていることにした。少なくとも風にもろに当ることはない。

しかし、今の修吉にとって、風の冷たさなど苦ではなかった。——今、俺はこの団地の安全を守っているのだ！

刑事としての経験、直感。

それに関しては誰にも負けない自信がある。娘夫婦の家庭に居候しているひけめも、いくらかは軽くなるというものだ。

エレベーターが下りて来て、扉が開いた。

ツイードにトレンチコートをはおった中年男が降りて来た。チラッと修吉を見て、ちょっとふしぎそうな顔をしたが、すぐ足早に出て行く。

こんな午後の遅い時間から「出勤」か？

まあ、今の東京は朝九時から午後五時までという当り前の勤務でない人間が大勢いる。夜中に道を歩いているからといって、怪しいわけではないことは、修吉も承知していた。

「——待てよ」

と、修吉は呟いた。
今の男を、どこかで見たような気がする。
どこといって特徴のない平凡な男だが、しかし……。
気にし始めると、気になってならなかった。
ここの住人だろうか？
手もとの資料を開けて、居住者の名前をザッと見て行く。——名前には記憶がない。
だが、確かに……。
修吉は表に出て、今出て行った男が見えないか、捜した。
たぶんバスで駅へ向っているだろう。
急いでバス停へと向う。
しかし、タイミング悪く、ちょうど駅へのバスは出て行くところだった。
「畜生……」
こうなると、ますます気になる。
修吉は手帳を出してメモを取った。
あの男が何号室に住んでいるのか。どこで働いているのか。前科は？
熱心にメモを取っている修吉は、すっかり刑事に戻っていた。
「いかん！」

集合時刻に遅れる！

修吉はあわてて集会所へと向った。

電車のホームは、そろそろ混み始めていた。

少し日がかげって、風が急に冷たくなってくる。それでも、まだ普通の会社は終っていないから、久保崎洋子の姿を見失うほどではなかった。

片山と石津は、久保崎洋子から少し離れて立っていた。洋子を尾行して来た刑事は、同じ乗り口の位置に並んでいる。

「——2番ホームに、急行N駅行きが参ります」

というアナウンスが流れた。

久保崎洋子は、ちょっと後ろに退《さ》がった。

「急行には乗らないみたいですね」

と、石津が言った。

「うん。すると準急か各駅停車か……」

ホームに急行が入って来て停《とま》る。降りる客、乗る客、どちらも大して多くない。

洋子は、ちょっと腕時計を見た。次は準急のはずだ。

ベルが鳴って、車掌の笛が鳴った。

その瞬間、久保崎洋子は閉りかけた扉をすり抜けるようにして、車両の中へ飛び込んだのだ。

「おい!」

尾行していた刑事は、完全に虚を突かれ、置いて行かれた。片山は乗ろうとして——間に合わないタイミングだった。

だが、石津が手を伸して、閉ろうとする扉を力で押し戻した。

片山は中へ飛び込んだ。次の瞬間、扉が閉って、石津はホームに残っていた。

片山は石津に向って、電話をかける、と手振りで合図した。

電車は動き出した。片山は、隣の車両に飛び乗った久保崎洋子の姿を確かめた。

尾行に気付いていて、まくつもりでいたのだ。——油断はできない。

洋子が尾行を振り切ろうとしたということは、これから息子、睦と会うつもりだからに違いない。

片山は、気付かれていない自信があった。しかし、こっちは一人だ。——どこか駅で降りても、その先までうまく尾《つ》けて行けるかどうか。

洋子の横顔は、うまく尾行の刑事をまいたという満足感で、微笑みが見てとれた。

同じ車両に移動することも考えたが、却《かえ》って気付かれる心配がある。こうして隣の車両から見張っている方が安心だ。

混んで来て、洋子の姿が見えなくなるようなら、隣へ移ろう。

尾行していた刑事から片山のケータイへかかって来た。

「すみません！」

「大丈夫だよ。今、ちゃんと見張ってる。追いかけて来てくれ」

「はい、すぐに」

とはいえ、一本後の電車は急行ではない。

「電車を降りたら、連絡する」

と、片山は言った。

次の停車駅までは、五つほども駅を通過して行く。

洋子は、ケータイを取り出してどこかへかけていた。——おそらく息子へ連絡しているのだろう。

二つ目の停車駅が近付くと、洋子は扉の前に立った。降りるようだ。

石津へかけると、

「K駅で降りそうだ。来られるか」

「今、パトカーで向ってます。急ぎますが、電車ほどは……」

「分った。降りたらまた連絡する」

片山も扉の前に動いた。

洋子はやはり二つ目の停車駅で降りると、足早に改札口へと向った。

片山も後をついて行く。

外は暗くなりかけていた。駅の周辺はにぎやかで人がいる。

「——まずい」

と、片山は呟《つぶや》いた。

洋子は、タクシー乗場へと足を向けたのである。

こんな郊外の駅で、しかもまだ普通の帰宅客はいない。待っていた空車は一台しかなかった。

洋子が乗り込む。

片山は駆け出した。他に空車がない。タクシーの会社や番号を見なければ——。

しかし、少し離れて尾行していたせいで、間に合わなかった。洋子を乗せたタクシーは走り去り、タクシー会社の名前もナンバーも見てとれなかった。

「畜生！」

タクシーは少し先の赤信号で停った。

片山は走り出した。——信号が赤のままでいてくれたら……。

だが、距離がありすぎて、半分も行かない内に信号は青に変り、タクシーは直進して行ってしまった。

「だめか……」

片山が足を止め、息を弾ませていると、すぐそばに車が停った。

「どうしたのよ」

と、女の声が呼びかけた。「急に走り出したりして」

片山が振り向くと、小型車の窓から顔を出していた女性は、

「ごめんなさい！」

と、口に手を当てて、「間違えちゃった！　主人と体つきがそっくりで……」

まだ二十代だろう。夫の帰りを迎えに来たのだろうが——。

「すみません！」

片山はとっさに警察手帳を取り出すと、「警察の者です！　あのタクシーを追いかけてもらえませんか」

と言っていた。

「は？」

目を丸くしたその女性は、「あの……前を走ってくタクシー？」

「容疑者を尾行してるんですが。見失ってしまいそうなので」

「——分りました。どうぞ」

「ありがとう！」

片山は助手席へ飛び込んだ。

幸い道は真直ぐで、他に車も少ないので、タクシーを見失うことはなかった。

少し間をつめると、

「これくらいの間隔で」

と、片山は言った。

「はい」

少しスピードを落とすと、「——何の事件なんですか？」

と、その女性が訊《き》いた。

「あ、いや、ちょっと……。殺人未遂事件でしてね」

「殺人？　わあ、凄《すご》い！」

と、目を見開いて、「私、一度カーチェイスってやってみたかったんです」

「いや、そこまでやって下さらなくても……」

——たぶん二十七、八だろうが、ふっくらとした童顔で、あまり化粧っ気もなく、格好しだいでは大学生にだって見えそうだ。

小柄で活発そうな雰囲気は、ちょっと晴美にも似ていた。

少し行くと、駅前のようなにぎわいはすっかり消えて、道の両側は高層のマンションが並ぶ。

「いやだわ」

と、その女性が言った。「タクシー、私の家の方へ向ってる」

「この先ですか」

「この辺は民間マンションですけど、先は団地なんです。うちもその団地の中で」

タクシーには停る気配はない。

「すみませんね」

片山はちょっと後悔していた。「警視庁、捜査一課の片山といいます」

「私、刈屋《かりや》しのぶです」

と、その女性は言った。

「この先の団地の名前は？」

「名前？　〈西夢ヶ丘団地〉です。何だか恥ずかしい名でしょ？」

「いや、別に……。ちょっと失礼」

片山は石津へ電話して、「――久保崎洋子は〈西夢ヶ丘団地〉の方へ向ってる」

と知らせた。

「分りました！　すぐに近道を捜して行きます」

と、石津は張り切っている。

「女の人なんですか」

と、刈屋しのぶが言った。

「追っている容疑者の母親なんです。たぶん息子とこの辺で会おうとしているとにらんでるんですが」

「あ、曲りますね」

タクシーがウィンカーを出して右折して行く。

「右折すると、どこへ？」

「もう団地の中です。私のうちは、これを真直《まっす》ぐ行くんですけど」

と、ハンドルを切ってタクシーを追う。

「すみませんね」

と、片山は言った。「ご主人を待ってたんでしょ？」

「いつ帰って来るか、はっきりしないんです。長いときは駅前で二時間も待つことがありますから」

「今日に限って早く帰られるかも……」

「駅に着いて、私が待ってなかったら、カンカンに怒って、ケータイへかけて来ますから、大丈夫」

「いや、申し訳ない。もし怒られたら、僕がちゃんと説明しますから――」

「もしかすると」

と、刈屋しのぶは言った。「〈お池公園〉に向っているのかも」

「〈お池公園〉?」

「正式な名称は、凄く長ったらしいので、公園の中に大きな池があるから〈お池公園〉の名で、団地の人には通用しています」

「公園か……。いつでも入れるんですか」

「ええ、別に柵《さく》もないし、こっそり誰かと会うには向いてますわ」

「分りました。――しかし、この団地を知ってるってことだな」

「そうですね。外の方は、中の公園のことまでご存知ないでしょう」

刈屋しのぶは、タクシーが左折するのを見て、「やっぱり、公園の方だわ」

片山は石津へもう一度かけて、「中の公園へ来い」と告げた。

「ただ〈公園〉じゃ分りませんよ」

と、聞いていたしのぶが言った。「この団地には三つ公園があります。一番駅に近い公園です」

「ありがとう」

石津に伝えて切ると、

「タクシー、停りますよ」

公園の木立ちと、街灯の明りが見える。タクシーは公園の入口で停っていた。

た。

「どうします？」

「このまま真直ぐ行って、通り過ぎて下さい。タクシーを無視して」

車は公園の入口の前を通り抜けた。公園へ入って行く、久保崎洋子の姿がチラッと見えた。

「――その先で停めて下さい」

と、片山は言った。「降りて戻ります」

「停らない方がいいです」

「は？」

「公園の中から、この道は目に入ります。この辺で停めたら、怪しまれますよ」

「――なるほど」

「そこを住宅棟の方へ曲りましょう。車のライトが見えなくなれば……」

「よろしく」

脇道へと曲って、車は停った。

「すみませんでした」

と、片山は言った。「行って下さい。もし危険なことがあったら、巻き添えになる心配が……」

「でも、また追いかけるかもしれないでしょ？　私、ここで待ってますわ」

「それはだめです」

「どうして？」

「万一のとき、僕の責任になります」

「私が勝手に待ってた、って言ってあげます」

「いけません。さ、行って下さい」

片山が車を降りる。

「つまらないの」

と、刈屋しのぶは口を尖《とが》らして、「せっかく刺激的なことに出会ったのに」

「けがしたら、そんなこと言ってられませんよ」

と、片山は言って、「じゃ、どうも」

と、公園へと急いだ。

公園の反対側の入口がある。片山は中へ入ると、茂みのかげに入って、様子をうかがった。

中央に池がある。——というより、三つの池を囲むように、遊歩道が作られている。

池の中に島が作られていて、二つの橋で池の両側につながっている。

そして、久保崎洋子はその橋を渡っているところだった。

池の中の島の上で、洋子は足を止めた。

周りを見回している。——用心しているというより、息子が早く来ないかと待っているのだろう。

久保崎睦はどっちからやって来るのか？

片山は、どの入口から入って来ても分るように、茂みの中を移動した。

石津たちは間に合うだろうか？

しかし、サイレンなど聞けば、睦は逃げてしまうだろう。

それより、石津たちがうまくこの公園を捜し当てて来るかどうかが心配だ。片山一人では、洋子を押えて睦を逮捕するのは容易でない。

しかし、なぜこの団地の公園を選んだのだろう？

車の音がして片山は振り向いたが、トラックが走り抜けて行っただけだった。

片山が目をあの島の方へ戻すと——久保崎睦がいた。

洋子は息子の肩に手をかけて、何やら話しかけている。睦の方は母親に「心配しなくていい」と、なだめているような雰囲気である。

洋子が睦に持って来た袋を渡している。

片山は迷った。——今出て行って、うまく逮捕できるか？

二人まで、数十メートルの距離があった。

気付かれずに近付くのは容易ではないだろう。むしろ、声をかけた方がいいかもしれない。

二人の話している様子で、もう別れようとしているのが分った。睦がこっちの方へ来ればいいが、逆に向うの出口へ向うと厄介《やっかい》である。

「よし……」

片山は意を決して体を起こした。

動くな、と声をかけて、ギョッとしている間にできるだけ早く近付く。

二人がどうするか迷っている間に、ともかく駆けつけるしかない。

片山は茂みの中から足を踏み出そうとした。

そのとき、背後で草を踏む足音がした。と思うと――。

ワッと一気に三、四人が片山の背後から飛びかかって来て、片山は地面に突っ伏した。

そして、片山の上にドドッと三、四人分の重さがのしかかって、片山は息ができなくなってしまった。

「捕まえたぞ！」

「こいつ！」

片山は頭をポカポカ殴られて、痛かったが、声も出せない。

「逃がすな！」

という声と共に、さらに誰かが片山の背にドサッと乗って来て、片山は死ぬかと思った……。

3　めぐり会い

「片山さん！」

石津がやって来た。「今、駅や主要道路を手配しました」

「そうか……。たぶんむだだろうけどな」

片山は体中の痛みに顔をしかめて、「念のために、この団地の中も捜せ」

「今、手配してます。――大丈夫ですか？」

「まあ……な」

肘《ひじ》やら手やら、あちこちにすり傷ができている。

――団地から近い交番である。

「片山さん」

と、ここの巡査がやって来た。「今、この近くの外科の医院に連絡しました。すぐ診《み》てくれるそうです」

「どうも。しかし、大したことは……」

「ちゃんと診てもらって下さいよ」

と、石津は言った。「後で何かあったら大変ですよ」

「分った。――まあ、一応手配は済んだんだな」

「後は任せて下さい」

「頼む。ああ、久保崎洋子の自宅へも人をやっといてくれ。洋子はいずれ戻って来るだろう」

片山は立ち上って、「いてて……」

と、顔をしかめた。

交番の外へ出ると、暗がりの中に立っていた男が歩み寄って来て、

「大変申し訳ないことをしました！」

と、頭を下げた。

「ああ。ええと……国原さんでしたっけ」

「国原修吉です。元は同業でしたのに、こんな失態を……」

「いや、仕方ないですよ」

団地内を見回っていた国原たちが、たまたまあの公園へやって来て、茂みに潜《ひそ》んでいる片山を見たのである。

てっきり、「怪しい」と思い込んで、一斉に片山へ襲いかかったのだ。

誤解をとくのには、数分で済んだが、久保崎母子《おやこ》はむろん姿を消してしまっていた……。

「まあ、そちらも任務を果されていたわけですから」

「そうおっしゃっていただくと……。ますます辛《つら》いです」

国原はくり返し頭を下げ、「団地内に案内が必要でしたら、いくらでも……」

「じゃあ、石津、案内してもらえよ」

「はあ。片山さんを医者へ送ってから」

「俺はタクシーでも呼んでもらうから大丈夫だ」

と、片山が言うと、

「それならタダの車がありますよ」

と、声がした。

振り向いた片山はびっくりした。

公園まで乗せてくれた、刈屋しのぶが車にもたれて立っていたのである。

「何してるんですか?」

「パトカーがここへ着くのが、ちょうど目に入って。――大変だったのね」

「まあ……成り行きでね」

と、すりむいた顎《あご》をそっと撫《な》でて、「ご主人のお迎えは?」

「さっきケータイにかかって来て、同僚と飲んでるから、もっと遅いって。外科の先生の所でしょ？　私、分るから乗せてってあげるわ」

「いや、まさか……」

「どうせ時間があるんだもの。――さ、乗って」

「では……」

ふしぎそうな石津に事情を説明するにも、しゃべると切った口の中の傷が痛むので、片山は何も言わずに刈屋しのぶの車に乗ることにした……。

団地の外れにある外科の医院まで、数分だったが、片山から詳しい話を聞いて、しのぶは大笑いした。

「笑いごとじゃありませんよ」

と、片山がしかめっ面をすると、

「ごめんなさい！　でもおかしいじゃないの。刑事が痴漢と間違えられるなんて」

と、しのぶは愉《たの》しげに言った。

その屈託のない言い方に、片山はますますしのぶが晴美に似て見えて来たのだった……。

「痛かったら、遠慮なくそう言って下さいね……」

無表情な顔で、その外科医は言った。

「痛い！　――いや、大丈夫です」

片山は、方々のすり傷を消毒するのがしみて、その都度、「ワッ！」とか「ウー……」とか声を上げていた。

しかし、大した傷もなく、打ち身も骨折などの心配はまずないと言われてホッとした。

「夜分にすみません」

と、片山は上着を着ながら言った。「治療代は――」

「ああ、さっき国原さんから電話があって、支払いは自分がするから、取らないでくれと……」

「国原さん？　ああ、あの人ですね」

団地内を巡回している責任者だ。片山を痴漢と間違えて取り押えたせいで、久保崎母子を逃がしてしまった、というので責任を感じているのだろう。

「しかし、それとこれとは別です」

と、片山は言った。「払いますから」

「そうですか？　保険証はお持ち？」

「いや、持って歩いていませんが」

少々高くはなったが、片山は支払いをして診察室を出た。

「ありがとうございました。――あれ？」

待合室で、刈屋しのぶが座っている。

「車にいたんじゃないんですか？」

「だって、外は寒いもの」

と、しのぶは言って、「大分派手に悲鳴上げてましたね」

と、ニヤニヤしている。

「全く……。しみるんですよ、消毒薬が」

と、片山は言い訳した。

「お気の毒」

「それに、あの久保崎母子を取り逃したことで、胸も痛みますしね」

「私で良かったら慰めてあげるけど」

「いいですか。僕はあなたのご主人に殴られたりしたくないですからね！」

すると、

「ちょっと」

と、外科医が声をかけて来た。「今、久保崎と言ったかね」

「ええ」

片山は振り向いて、「ご存知ですか、久保崎という人を」

「もう大分前だが……。十年近く前になるかな。高校生ぐらいの男の子が足を骨折して、ここへかつぎ込まれたことがある」

「十年前で高校生……」

あの久保崎睦なら、年齢的には合う。

そうか。——あの家は新しくないので、何となくずっとあそこに住んでいたのかと思っていた。そうではなく、空家になったのを買ったのかもしれない。

「この団地に住んでいたんでしょうか」

と、片山は訊《き》いた。

「もちろん。母親はときどき見かけたよ。もしあの久保崎ならだがね」

この団地で会うことにしていたのも、それなら分る。

「ありがとうございました。調べてみます」

と、片山は言った。

十年前、この団地のどこに住んでいたか、調べるのは簡単だ。もしかすると、そのころ親しかった住人がいるかもしれない。

片山は、刈屋しのぶの車で駅まで送ってもらうことにした。

「——すみませんね、お世話になっちゃって」

と、恐縮すると、

「いいえ、ともかく変ったことがあるって、楽しいんです。こんなこと、滅多にないもの」

「そう年中あったら、身がもちません」

と、片山は言った。

車が走り出すと、すぐにしのぶのケータイが鳴り出した。

「主人だわ。――もしもし」

車を一旦《いったん》路肩へ寄せて停めて出ると、「――え？　もう駅なの？　――だって、遅くなるって言ったじゃないの。――今駅の方へ向ってるとこ。十分くらい待ってて。――はいはい」

助手席の片山にも、何か怒鳴っているらしい声が洩《も》れて聞こえていた。

「――ご主人、怒ってるんでしょ」

「いいの。すぐカッとなる人で」

車を出しながら、しのぶは肩をすくめ、「本当に勝手なんだから！」

「僕がちゃんと説明しますから。すぐ殴ったりしないように言って下さい」

片山は半ば本気で心配していた。

道は空《す》いているので、十分足らずで駅に着いた。

タクシー乗場から少し外れて、ヒョロリとした長身の男性が立っていた。

「あれが主人です」

と、しのぶはスピードを落として、「ね、似てるでしょ？」

正直なところ、片山はそう似ているとも思わなかったが、体型は確かに近いものがある。

車が停ると、

「遅いぞ！」

と、しのぶの夫は怒鳴った。

「待って下さい」

と、片山は車から降りて言った。

「ご紹介しますわ。主人の刈屋浩茂《ひろしげ》です。こちら片山さん」

刈屋浩茂は、まさか妻の車から男が降りて来るとは思わなかったのだろう。怒るより呆《あっ》気《け》に取られている。

「警視庁捜査一課の片山義太郎と申します。実は奥さんには大変ご協力いただきまして……」

片山は、これ以上間違って殴られたらたまらないと思って、早口でまくし立てるように事情を説明した。

聞いている刈屋浩茂に話の中身が分ったのかどうか、片山にも自信はなかったが……。

「——そういうわけでして」

と、片山は話を結んだ。「本当に奥さんのおかげで助かりました」

「そうですか」

と、刈屋はやっと口を開いて、「まあ、多少でもお役に立てれば……。それに、家内は結構そんなことを面白がる性質《たち》ですから」

「ご主人にお断りもせず、失礼しました」

「いや、とんでもない」

刈屋は、車から降りていた妻のしのぶを見て、「滅多にできない経験をさせていただいたな」

「ええ。楽しかったわ。片山さん、お大事にね」

「ありがとう。――では、僕はこれで」

片山はくり返し礼を言って、二人と別れ、改札口の方へ向った。そして振り返ると、刈屋が助手席に乗って、車が走り出したところだった。

「やれやれ……」

片山はホッとした。しのぶの話では、カッとなりやすいということだったが、刈屋浩茂は簡単に納得していてくれたようだ。

「あ、そうだ」

石津へ連絡しておこう。

ケータイを取り出して石津にかけると、

「片山さん！　もうお宅ですか？」

「違うよ。外科医から駅まで送ってもらって、今別れたところだ」

「あの女の人、チャーミングでしたね」

とはずいぶん古風な言い回しである。

「そうか？」

「でも独身じゃないんですね」

「そんなこと、どうだっていい！　その後何か分ったか」

「いえ、非常警戒には引っかかっていません。たぶん、もうかなり遠くへ逃げてるんじゃないですか」

「そうだろうな……。久保崎の一家は、以前その団地に住んでたらしい」

「それで、この中の公園に」

「うん。――今夜は帰って休むよ。明日《あした》、久保崎の一家がどこに住んでたか、調べてみよう」

「はい。――僕はもう少しここで頑張ってます。晴美さんによろしく言って下さい」

と、石津は張り切って言った。「この次は絶対に逃がさない、って」

「言っとくよ」

片山は微笑んで、「いてて……」

口の中の傷が痛んだのだった。

「じゃ、あの刑事を僕と間違えたのかい？」

と、団地へ帰る車の中で、刈屋浩茂は言った。

「そうなの。だって、後ろ姿が似てたのよ。本当に！　あなたも、あの片山さんって刑事さんと同じくらい身長があるし、それになで肩でしょ。てっきりあなただと思って」

ハンドルを握っているしのぶが言った。

「面白い縁だな。その追ってる犯人が、あの団地に住んでたって？」

「そうらしいわ。外科の先生が言ってた」

「そうか……。しかし、なかなか人のいい刑事らしかったじゃないか」

「ええ。間違って殴られたりしても怒らないしね。刑事なんて、本物はもっと威張ってるとばかり思ってたわ」

「色々いるんだよ、刑事にも」

「そうね。――あなた、でもどうしてこんなに早かったの？　いつもならもっと遅くまで飲んで来るのに」

と、しのぶはチラッと夫の方を見て、「あんまり酔ってないわね」

「ああ。明日、ちょっと大事な客が午前中にあるんだ。二日酔じゃビジネスの話はできないからな」

「じゃあ、早く寝た方がいいわね。帰ったら、すぐお風呂《ふろ》にお湯入れるわ」

「うん、そうしてくれ」

しのぶは微笑んだ。

「良かったわ」

「――何が？」

「いつも駅で待たせると、怒って口もきいてくれないじゃない。今日はご機嫌いいみたいだから」

「僕がいつも仏頂面してるみたいじゃないか。――あの刑事にもそう言ったのか？」

「言わないわよ。あなたの話をして、どうするの？」

「そうだな」

と、刈屋はちょっと笑った。

もうじき、自分の住む棟が見えてくる。

刈屋は車の運転ができないわけではない。駅の近くに、毎回車を置いておこうとしたら、とんでもなく高くついてしまう。

だから、こうしてしのぶが駅まで迎えに行っているのである。この運転はしのぶに任せている。

「――殺人事件か？」

刈屋は飲んで帰って来ることが多いからだ。

「え？　ああ、公園に来た犯人のこと？　未遂だったそうよ。でも殺そうとしてたって」

「ふーん……」

「片山さんの妹さんが、危うく巻き添えで死ぬところだったんですって。元はといえば、妹さんのお友だちにつきまとっていた男が仕掛けた爆弾だったらしい」

「怖いな」

「ねえ！　爆発が小さかったらしいけど、怖いわね！」

言い方は大げさだが、あまり怖そうには聞こえない。

――そうだったのか。

刈屋浩茂は心の中で呟《つぶや》いた。

刑事が……。しのぶに近付いて来たのだ。

しのぶはそう思っていないかもしれない。しかし、刈屋には分っていた。

よりによって、自分の妻に「たまたま」車に便乗させてくれと頼んだなんて。――しのぶはうまくそう思わされているのだ。

あの片山という刑事。人は良さそうで、真面目に見える。

だが、そういう外見をしているというだけでも、一筋縄ではいかないことが分る。

いや、しのぶの様子があまりに自然なのを見ても、片山が巧妙に接近して来たことは確かだ。

しのぶは、まさか片山の狙いが夫にあるとは思ってもいないだろう。その無邪気さが、刈屋の胸には痛い。

「あなた」

しのぶは車を棟の前で停めた。「先に部屋へ行ってて。私、車を駐車場に置いてくるから」

「一緒に行くよ」

「少しでも早くゆっくりしたいでしょ」

団地の都合で、駐車場は五、六分も歩く所にあるのだ。

「じゃ、そうするか」

刈屋は鞄《かばん》を手に車を降りた。

「すぐ戻るわ。ゆっくり休んでて」

「うん」

車が駐車場へ向う。

刈屋はエレベーターに乗って、ホッと息をついたが、

「そうか……」

きっと今ごろ、しのぶはあの片山という刑事にケータイで連絡しているのだ。だから一人で駐車場へ行くと言った……。

しのぶは片山に惚《ほ》れたのかもしれない。いや、以前から、片山としのぶは恋仲だったのかもしれない。

「あの刑事が俺と似てるって?」

しのぶの言葉には、とても納得できない。

そうだ。――きっとそうなのだ。

刈屋は確信した。

しのぶは、片山刑事と浮気している。

そして、片山の目的は、刈屋にあるのだ……。

4　幻　影

「笑うな」

と、片山は渋い顔で言った。「下手すりゃ骨折するところだったんだぞ」

「でも、おかしいじゃない」

と、やっと笑いを抑えて、晴美が言った。「ああ、この目で見たかった！」

「人のことだと思って」

「でも、今もお兄さんの傷だらけの顔が見られなくて残念だわ」

「そんなにひどくない。おでこと顎《あご》だけだ」

片山は、晴美の病院へやって来て、ゆうべ久保崎を取り逃したいきさつを説明したのである。

「——石津も午後には来るだろ」

「そう。私もね、一人お友だちができたわ」

「病院の中で？」

「ええ。事故で両足骨折して、車椅子に乗ってる、下河原さんって人」

「ふーん。――男か」

「そうよ。でも、もう若くないわ。五十いくつとか言ってた」

「そうか。しかし、石津には言わない方がいいぞ。きっとやきもきする」

「そうね。――入院仲間の気安さよ」

　晴美は手を伸して、「ホームズ。いるの?」

　ホームズの茶と黒のつややかな毛並が光って、フワリとベッドの上に飛び上った。そして晴美の手に体をこすりつける。

「あ、来てくれたのね」

　晴美はホームズの毛をなでて、「ホームズ、今度お兄さんと知り合ったっていう『しのぶさん』のこと、ちゃんと見て来てね」

「ニャー……」

「おい、別に知り合ったって言っても……。向うは人妻だぞ」

「いいじゃない。お兄さんも、人の奥さんをかっさらうくらいの情熱を見せないと」

「やめてくれ！　俺はもめごとは嫌いなんだ」

「そんな風だから、いつまでもお嫁さんが見付からないのよ」

「放っとけ」

と、片山がそっぽを向くと、ドアが勢いよく開いて、

「遅くなりました！」

と、石津が入って来た。

騒がしくなりそうだ、と思ったのかどうか。

ホームズは入れ違いに病室を出ると、フラリと「散歩」を始めたのだった……。


「まあ、猫！」

「本当だわ。きれいな三毛ね！」

ホームズが休憩室へ入って行くと、集まっていた女性たちが一斉に声を上げた。

ホームズはさっさと隅の方へと逃れた。

「何だ、三毛猫か」

車椅子で、退屈そうに書棚を眺めていた男。

晴美と「知り合い」になった下河である。

「どこの猫だ？　入っちゃいけないんじゃねえのか？」

と、下河は言った。「──ま、返事してくれるわけもないしな」

入院したりして、一日中することもないと、いつの間にかひとり言を言うようになる。

いや、ひとり言というより、自分を相手におしゃべりする、と言った方が正しい。

正直、下河も入院するまで、自分がこんなに「おしゃべり」だとは、思ってもみなかったのだ。

昨日の、あの一時的に失明している女。――片山晴美が来ないかと待っていた。

「代りがこの猫かな」

と、下河は呟いて苦笑した。

「――ここが休憩室よ」

と、看護師が説明するのが聞こえた。

新入りか。今度はどんな奴だ？

下河が見ていると、少し青白い顔の女の子が、ワンピースを着て、まだ靴のままで入って来た。

「――ここは、いつでも使っていいのよ」

と、看護師が言っている。

しかし、下河の目は、その少女に釘《くぎ》づけになっていた。十三、四だろうか。

慣れない生活が不安そうだが、今は好奇心で目にも輝きがあった。

「マンガはあんまり置いてないけど……」

「私、あんまりマンガは読まないの」

と、少女は言った。「小さいころから、小説が好きで」

「まあ、偉いわね」

——まさか。

あの女の子は……。俺は幻を見ているのか？

下河は、車椅子を本棚の方へ向けていたので、体をねじって、その少女を見つめていた。

「夜は早く寝なきゃいけないの？」

と少女が訊《き》いている。

「そうね。病院は朝が早いから、自然に寝るのも早くなるのよ」

と、看護師が説明して、「じゃあ、診察室の方へ戻りましょうか」

「中を一回りしてもいい？」

「ええ、いいですよ」

少女は、休憩室の中をゆっくりと歩いて行く。——下河は体を一杯にねじって、少女を目で追っていた。

あの子は……。あの子は……。

体をねじっている内、体重が片側にかかっていた。アッと思ったときには、車椅子が横倒しになっていた。

派手な音がして、ホームズは倒れて来る車椅子の下敷きになるのを、間一髪で逃れた。

「畜生！」

折った両足を、床に打ちつけて、下河は思わず声を上げていた。

「まあ！　――ちょっと！　誰か！」

看護師が大声で呼ぶと、若い看護師が二人、駆けつけて来た。

「下河さん！　どうしたんですか？」

「どうもこうも……。ちょっとバランスが……」

倒れたまま、下河は痛みに顔をしかめていた。

TVを見ていた女性たちの一人が、

「その人、そこの女の子をじーっと見てて、引っくり返ったのよ」

と言った。「もしかして、ロリコン？」

女性たちが大笑いした。

「ふざけるな、畜生！」

と下河は口走ったが、今は身動きできない。

「ちょっと重いわ。男の人を呼んで来て」

下河の体を車椅子に戻すのは容易でない。

「――おい、早くしてくれ！」

と、下河は文句を言ったが、ともかく自分ではどうにもならない。

「ちょっと我慢して。下河さんを抱え上げるのは大変なんだもの」

ホームズは、下河のそばへ寄って行くと、

「ニャオ」

と、少し冷たく（？）鳴いた。

「お前、同情してないな」

と、下河はホームズをにらんで言った。

「――大丈夫？」

下河の目の前に、スラリとした白い足があった。

下河は何とか顔を上げた。あの少女が、下河を見下ろしている。

「ああ……。ちょっと痛いだけだ」

と、下河は言った。「君は……入院するのか？」

少女はコックリ肯《うなず》いて、

「今日から」

「そうか」

「私、入院するの、初めてよ」

下河は少女を見上げて、

「そうか。すぐ慣れるよ」

「おじさんも？」

「ああ。慣れてるけどな。慣れて来ると、つい油断するもんだ」

少女は、下河を見下ろして微笑んだ。

「――おかしな格好だろ？　笑っていいんだよ」

と、下河は言った。

「笑わない」

「そうか」

「私だって、入院してたら、おかしな格好するかもしれないもの」

少女の顔は真剣なものに戻っていた。

若い男の医師がやって来て、やっと下河は抱え起こされ、車椅子に落ちついた。

「気を付けて下さいよ」

と、医師は言った。「せっかく治りかけてるのに」

「好きで倒れたわけじゃないよ、先生」

それを眺めていた少女は、

「ねえ、どこが悪いの？」

と訊いた。

「足の骨が折れたのさ。車にはねられて」

「痛そうね」

少女は、看護師に促されて休憩室を出ようとした。そして、ふと振り向くと、

「おじさん、何ていうの？」

「俺か？　下河だ」

「私、亜由《あゆ》」

「アユ？」

「お魚じゃないよ」

と、ニッコリ笑って、「松尾《まつお》亜由。――またここに来る？」

「うん」

「じゃあね」

少女は休憩室から出て行った。

下河は急に胸が苦しくなって、目を閉じた。

松尾亜由……。

しかし、あの子はあいつとそっくりだ！

「こんなことがあるのか……」

と、下河は呟《つぶや》いた。

ホームズがじっと下河を見上げていた。

「まあね」

初めから「うんざり」した顔で出て来られるのも珍しい、と片山は思った。

「久保崎はもう、五年前にうちの社を辞めてるんですがね」

その保険会社の課長は、これ以上渋い顔は想像できないくらい、面白くないという顔だった。

「知っています」

と、片山は言った。

「それじゃ、なぜ――」

「実は今、久保崎睦を、殺人未遂で手配しておりまして……」

「睦？　お人違いでは？」

「久保崎悟の息子なんです。どこにいるのか、ご存知かと思いましてね」

「はあ……」

その課長は、ますます困惑の体《てい》で、「残念ながら、全く分りませんね」

早く帰ってほしい、と顔に書いてある。

「お役に立てなくて――」

と、早くも腰を浮かした。

「もう一つ伺いたいんですが」

と、片山は続けた。「久保崎悟さんはどうして会社を辞めたんですか?」

「それは——」

と、ちょっと詰《つま》り、「当人のプライバシーに係《かかわ》ることですし……」

「いや、ちょうど会社を辞めたころに、久保崎さんは家からも姿を消されたらしいという
ことなので、ぜひ辞めた理由を伺いたいと——」

「何も知りません! 私がどうしてそんなことを知ってなきゃいけないんですか」

と、課長は、ほとんどむきになっている。

そこへ、

「失礼します」

という声と共にドアが開いた。

三つ揃いの、重役然とした男性が入って来ると、

「外で話を聞いていました」

「気付いていました」

と、片山は肯いて、「なぜか、こちらの課長さんがドアをきちんと閉めなかったので、
気になっていまして」

「お気を悪くしないで下さい。——君はもう行っていい」

「専務、私は……」

課長は青ざめていた。

「分ってる。別に叱りゃしない」

「は……」

課長が出て行くと、

「申し訳ありません。——私はこの〈K保険〉の専務で、西山《にしやま》と申します」

〈西山秀男《ひでお》〉という名刺を出して、「聞けば殺人未遂事件の捜査とか。やはり真実をお話しせねばなりませんね」

「ぜひ伺いたいですね」

と、片山は言った。

「分りました」

と、西山秀男は肯いて、「実は——久保崎は、客に支払ったはずの保険金を懐に入れていたんです。そのことが発覚してクビになった、ということです」

「それはしかし——刑事事件では？」

「本来なら、確かに警察に届け出るべきでしょうが……。表沙汰《おもてざた》になると、会社の信用問題になりますので」

「内々に処理したわけですか」

「そういうことです。——幸い、被害額はまだそう大きくなかったので、久保崎は自宅を抵当に入れて金を借り、返済しました」

「それで、なぜ姿を消してしまったんですか?」

「さあ」

と、西山は肩をすくめて、「辞めた後のことについては、当社は全く知りません」

「当人から何か連絡は?」

「いや、私の知る限りでは一度も」

と、西山は首を振って、「――それで、刑事さんが追っておられる事件というのは?」

「息子の久保崎睦が爆弾を作って、別れた恋人を殺そうとしたんです」

「ああ、あの事件のことですか。――ニュースを見たとき『久保崎』という名だと気付きましたが、まさかあの久保崎の息子だとは……」

片山は、西山に礼を言って〈K保険〉を出た。

ビルのロビーへ下りて来ると、

「お客様」

と、正面の受付嬢が呼び止めて、「片山様でいらっしゃいますか?」

「はあ」

「お電話が」

「僕にですか? しかし……」

戸惑いながら、受付で渡された電話に出ると、「もしもし」

「片山刑事さんですか」

若い女性の声だった。

「そうですが……」

「西山専務とお話しになったと耳にしたものですから」

「あなたは？」

「久保崎さんの下で働いていた者です。専務の話はでたらめです」

「というと――」

「詳しいことは、会ってお話ししたいのですけど」

片山は少し迷った。追っているのは久保崎睦で、父親の件とは関係ないだろう。しかし、何が手掛りになるか分らない。

「分りました。では……」

「津村《つむら》あかねと申します。今夜、仕事の後で、お目にかかれます？」

時間と場所を決めて、片山は受話器を戻した。

今の口調は真剣そのものに聞こえた。どこでかけていたのか、人に聞かれないように、小声で話している様子だった。

ともかく、話を聞く値打はありそうだ、と片山は思った……。

5　偶然と必然

「ホームズ、いる？」

晴美は廊下をゆっくりと進んでいた。

ホームズが先に立って、短く鳴いて誘導していた。

少し慣れると、声で方向をつかむことができた。

「——やあ」

と、男の声がした。

「ああ、下河原さんね」

と、晴美は言った。

「憶《おぼ》えてくれてたか」

「もちろんよ。——ここは？」

「休憩室のそばさ」

「じゃあ、休憩室へ連れて行ってくれる？」

「いいとも。じゃ、手を伸して」

「大丈夫。ホームズについて行くわ」

「じゃ、ゆっくり行こう」

晴美はそろそろと歩いて行く。

「――ホームズっていうのか。利口そうな猫だな」

「ええ、とても」

「三毛猫か……」

「どうかして？」

「いや……。どこかでホームズって名の三毛猫の話を、聞いたことがあるような気がしてね」

「それなら、兄の仕事のことね、きっと。ちょっと記事になったりしたから、捜査の手助けをしたって」

「捜査……」

「ええ。兄は刑事なの」

と、晴美は言った。

下河は啞然《あぜん》とした。

そうか！　あの片山の妹だったのか。

「──どうかした？」

と、晴美が訊《き》いた。

「いや、ちょっと……。急用を思い出したんだ」

と、下河は言って、「すまないな」

「いいえ。私は大丈夫。ホームズがついてるから」

「ああ……。またな」

下河は車椅子を操って、休憩室から急いで離れた。

「──何てことだ、畜生！」

入院して、毎日退屈してて、「急用」もないもんだ。怪しまれたかもしれない。

しかし……。考えてみれば、逃げることはなかったのだ。

「俺は何もしちゃいないんだ」

もちろん、片山刑事と顔を合せたくはないが、会ったからといってこっちは後ろめたいことなどない。

「畜生……。逃げて損した！」

刑事と聞くと、反射的に逃げたくなる自分が情けない。

「あ、昨日の人だ」

と、声がして、振り向くと、あの少女がパジャマ姿で立っていた。

「やあ……」

「今日は引っくり返らないでね」

と言いながら、少女は笑っていた。

「君は……亜由ちゃんだったね」

と、下河は言った。

「あ、憶えてた」

「もちろんさ。――入院したのか」

「うん。何だか変」

「何が？」

「だって、いつもパジャマって、夜の寝るときだけ着るでしょ？　それが、ここだと昼間からこうやって……」

「そうだな、確かに」

入院していると、当り前のことだが、まだ亜由には新鮮なのだろう。

「一人かい？」

「ママが来てるよ」

「そうか。じゃ、病室へ戻らないと、ママが心配するんじゃないか？」

「大丈夫」

と、亜由は両手を後ろに組んで、「ママは今、お医者さんと話してるの」

「そうか……」

「できるだけ痛くないようにしてね、って頼んだの」

「ああ、そうだね」

「少しは仕方ないけど。ね、病気を治すんだもの」

亜由がそう言ったところへ、

「亜由ちゃん」

と、呼ぶ声がした。

「ママ、ここよ」

と、手を振る。

「何してるの？」

と、スーツ姿の女性がやって来る。

下河は息を呑《の》んだ。血の気がひく。

間違いない！　彼女だ！

「このおじさん、昨日もお話ししたの」

と、亜由は言った。

「まあ、そうなの？　――どうも、娘が」

顔を見合せ、目も合った。

しかし、女は別に眉《まゆ》一つ動かさなかった。

「どうも……」

「今度入院しますので、どうぞよろしく」

「はあ……。下河です」

名のってみた。しかし、やはり女は少しも心当りのない様子で、

「松尾布子《きぬこ》でございます」

と、挨拶《あいさつ》して、「さ、亜由ちゃん、お医者様とお話ししましょうね」

と、娘の手を引いて歩いて行く。

亜由は振り向いて、

「また、あそこでね」

と、手を振った。

「うん……」

下河はその母娘が診察室へ消えるのを見送って、

「そんな馬鹿な！」

と呟《つぶや》いた。

あの女は、俺を知っているはずだ。

しかし、あの態度は？　下河という名にも全く反応しない。

「松尾……布子といったか」

そんな名前ではなく、あの女は確かに……。


「お父さん」

と、阿部郁子は、ベンチにかけた父、国原修吉に言った。「――お父さん」

国原はゆっくりと振り向いて、

「お前か」

「買物に行って来るわ。帰りに麻美を迎えに幼稚園に回ってくる」

「ああ、分った」

郁子は父の力のない声に、

「どうしたの？　そんなに力を落とさなくたって……」

「別に何ともない」

と、国原は肩をすくめた。

郁子も聞いていた。

見回りをしていて、刑事を痴漢と間違えて取り押えてしまい、そのせいで手配中の犯人が逃げてしまったということ。

それはかつて刑事だった父としては、許し難い失敗だったのだろう。

しかし、一方心のどこかで、郁子は父のそのしくじりを喜んでいた。なぜなら、このところ、父の「見回り」に対する熱の入れようは度が過ぎていたからだ。

これで、少しはバランスが取れるかも、と思っていたのである。

「じゃ、行ってくるわ」

「ああ」

行きかけた郁子は、「あ、どうも」

と、すれ違った男と挨拶を交わした。

そして行こうとすると、

「郁子」

と、国原が呼んだ。

「何？」

「今の男、知ってるのか」

「今の男って……。ああ、あの人？　知ってるわよ。そりゃあ」

「こんな時間に、どうして団地にいるんだ」

「ああ、あの人、ピアニストなの」

「ピアニスト？」

「ジャズピアノのね。仕事はナイトクラブとか、ホテルのバーとかでピアノを弾くことなの。だから出かけるのは夕方。帰宅はいつも明け方よ」

「そうか……。名前は？」

「中田《なかた》さん。中田……直也《なおや》だったわ、確か。前に、団地のイベントでピアノ弾いて下さったの」

「そうか……」

「どうかして？」

「いや、何でもない。――悪かったな、呼び止めて」

郁子が行ってしまうと、国原はポケットから自分のケータイを取り出して、かつての部下へかけた。

「どうも、国原さん！　お元気で」

「ああ、元気だ。――すまないが、ちょっと前科を調べてくれ」

「誰です？」

「中田直也という男だ。たぶん、前に何かやらかしてると思うんだが」

国原の目は、また輝いていた。

「待って下さい。すぐにパソコンに出ますから」

と、以前の部下は一、二分して、「特にそういう名前はないですね」

「そうか……」

国原は、ちょっとがっかりしたが、「しかし、どこかで見た顔なんだが……」

「何かの事件で会ってるんですかね」

「いや、ただの証人とかじゃない」

と、国原は悔しそうに、「もう一度調べてくれないか」

「〈中田〉ですね?」

「うん」

と言ってから、「待てよ。もしかすると名前を変えてるかもしれんな」

「国原さん、にんべんの付く〈仲田《なかた》〉じゃありませんか?」

「〈仲田〉? 何かあるのか」

「あの十年くらい前に逮捕したジャズマンじゃありませんか。ほら、麻薬をやってたと……」

「そうか!」

国原は、思わず自分の頭を叩《たた》いていた。

「畜生! どうして思い出せなかったんだろう」

「やっぱりあいつですか?」

「間違いない! 〈仲田〉何といった?」

「〈仲田友也《ともや》〉です」

「そうだったな。——ありがとう」

「どういたしまして。あいつがまた何か？」

国原はちょっと周囲を見回して、

「いや、まだだ」

と言った。「させてたまるか」

——あのとき、仲田は髪を長く肩まで伸ばして、口ひげを生やし、服装もパジャマかと思うものだった。

今は、ツイードの上着にネクタイまでして、全くイメージが違う。見ただけで分らなかったのは当然だ。

「あいつか……」

国原は口もとに笑みを浮かべていた。「見てろ……」

「何ですって？」

と、郁子は夕食の仕度をする手を止めた。

「中田だ。あいつは偽名を使ってるんだ」

と、国原は言った。

「どういうこと？」

「今から十年くらい前、俺は奴を逮捕したことがあるんだ。あいつの本当の名前は〈仲田友也〉だ」

郁子はちょっと首を振って、

「人違いじゃないの？　もう面倒なことはやめて」

「お前、心配じゃないのか。前科者がこの団地に住んでるんだぞ」

郁子は、父がまた「張り切って」いるのを見て、不安だった。

「中田さんはいい方よ。前科者だなんて……」

「麻薬だ。──あいつは、ジャズをやってて、仲間内で麻薬をやって、捕まったんだ」

「そう……。でも、本当だとしても、そう珍しいことじゃないでしょ」

「それだけじゃない」

と、国原は得意げに、「もう一つあるんだ」

「もう一つって？」

「婦女暴行だ」

郁子は手を止めて、父を振り返った。

「──まさか」

「ジャズを聞きに来た女の子を楽屋へ連れ込んで乱暴した。あんな奴を団地に置いちゃおけない」

「お父さん……」

「時間だ」

と、国原は立ち上った。

「また見回り？」

「臨時の集会さ。――一時間ほどで帰る」

と、国原はさっさと出かけて行った。

「お父さん……」

郁子は立ちすくんでいた。

まさか。――まさかあの中田が？

郁子は、電話の方へ行こうとして、思い出した。中田はもう仕事に行っているだろう。

「そんなこと……」

夫が帰ったら相談してみよう。

郁子はそう決めると、少し落ちついて、再び夕食の用意を始めた。

6　明日を捨てる

「こんな所で申し訳ありません」

と、津村あかねは恐縮して、「ここなら、会社の人と会う心配がないので」

「いや、僕は刑事ですからね」

と、片山は言った。「どこだって大丈夫です。ただ――一人で入るのはちょっと度胸がいりましたが」

そのデパートの中のティールームは、割合広いのに、男の客は片山一人。津村あかねを待っていた三十分ほども、ずっと一人のままだった……。

その理由ははっきりしていた。このティールームへ来るには、女性の下着売場の真中《まんなか》を通り抜けなければならないからである。

他のフロアにもカフェがある中、ここを男性が選ぶのは珍しいことなのだろう。

「でも、確かに紅茶はおいしいです」

と、片山は三杯目の紅茶を飲みながら、「ちょっと出すぎて苦いですけど」

津村あかねは微笑んで、

「優しい方ですね、片山さんは」

と言った。

オフィスの中で、決して目立たないが、最も地味な仕事を引き受けて確実にこなしているというタイプ。

「久保崎悟さんの部下でいらしたんですね？」

と、片山は訊《き》いた。

「はい。——久保崎さんはもう五十代半ばなのに、一向に上から認めてもらえず、報われない人でした」

と、津村あかねは言った。「でも、決して文句やグチは言わず、地道に働いていました」

「すると、あの西山という専務の言った、保険金を使い込んだという話は……」

「でたらめです！」

と、強い口調で言った。

「つまり、濡《ぬ》れ衣《ぎぬ》だったということですか」

「あれは、西山専務自身が使ったお金なんです。それを、久保崎さんのせいにして……。でも西山専務は社内の実力者なので、誰もが見て見ないふりを……」

「久保崎さん自身は拒まなかったんですか？」

「それは……。あの人自身、捨て鉢になっていたんです」

「というと……」

あかねは自分の紅茶を一気に飲んでしまうと、

「正直に申します」

と、思い切った様子で、「私と久保崎さんとは特別な関係でした。でも、そうなったのは、久保崎さんが会社を辞めた日でした」

「辞めた日ですか」

「私も、クビになるのが怖くて、何も言いませんでした。でも、久保崎さんが、隣の席の人にも挨拶《あいさつ》一つしないで帰って行くのを見て、たまらなくなったんです」

と、あかねは言った。「勝手な言い方ですが、私、久保崎さんが西山専務に抵抗してくれるんじゃないかと期待していました。でも、結局文句一つ言わずに辞めて行き……。私、急いで帰り仕度をすると、久保崎さんの後を追いました……」

「こんなつもりじゃなかったけど……」

と、あかねは言った。「でも後悔してないわ」

ホテルのベッドで、あかねと久保崎悟は汗ばんだ肌を寄せ合っていた。

「すまないね」

と、久保崎は言った。「僕に同情してくれたんだね」

「それだけで寝ないわ」

あかねはそっと久保崎にキスして、「きっと、前からこうしたかったのよ」

「こんな先のない男と？」

と、久保崎は苦笑した。「ありがとう。最後の思い出になったよ」

「そんな……。どうして、そんな元気のないことを言うの？」

と、あかねはじれったくなって、久保崎の腕をつねった。

「いてて！」

と、飛び上った久保崎は、そのままベッドから転《ころが》り落ちてしまった。

「大変！　大丈夫？」

と、あかねがあわてて起き上ると、久保崎は床にあぐらをかいて、愉《たの》しげに笑い出した。

「いや……。痛かった！　でも、痛いってのはいいことだな！」

「どうして？」

「だって、生きてる証《あかし》じゃないか。人間、死んじまったら、痛くもかゆくもない。——そうだろ？」

「そうね……。私も死んだことないから、分らないわ」

と、あかねは言った。「あのお金……。西山専務が使い込んだんでしょ？」

「たぶんね」

と、久保崎は肯《うなず》いて、「でも、もうどうでもいいんだ」

「どうして？　ご家族だって、困るじゃないの」

久保崎の顔から、笑みが消えて、

「俺には家族なんかいない」

と言った。

「どういうこと？」

「女房の洋子も、娘の遥も、息子の睦も……。もう僕から離れて行っちまった」

「久保崎さん……」

「君は何も知らなくていいんだ。——いつか、いい男を見付けて、幸せな結婚をしてくれ」

久保崎は立ち上ると、「さあ。——あんまり遅くなると、お家で心配するよ」

「知らなかったの？　私、一人暮しよ」

「そうだっけ？　だめだな。これだからもてないんだ」

「ちゃんとお宅へ帰ってね」

と、あかねは言った。

「ああ……。あれが『家』と呼べるならね」

久保崎の口調には、それまであかねの聞いたこともない、ゾッとするような「空虚」が口を開けていた。

――二人は仕度をして、ホテルを出た。

「私、こっちだから」

と、あかねは言った。「じゃあ……」

「ありがとう、津村君」

久保崎は、あかねが差し出した手を握った。そして――あかねが戸惑うほど長く、離さなかった。

「さよなら」

サッと身を翻して、足早に歩道を遠ざかって行く。

あかねはそれを見送って、少し歩き出したが、今の久保崎の握手を思い出してハッとした。

あかねには分った。――久保崎は死ぬつもりだ!

あかねは振り返った。

「私、久保崎さんの後を追いかけました」

と、あかねは言った。「でも、結局見付からず……」

「それきり?」

と、片山は訊いた。

「はい。久保崎さんは姿を消してしまったらしいんです」

片山はちょっと考えて、

「その家族との間の問題というのは、何だったんでしょうね」

「さあ……。ともかく、久保崎さんがいなくなっても、誰も気にしていない様子でした」

「訊いたんですか？」

「ええ。心配になって、電話をしました。でも、けんもほろろで」

「そうですか。――あの息子も母親も、普通じゃないですからね」

「だから心配なんです。久保崎さんの身に何かあったら……」

「分りました」

「すみません、勝手ばかり言って」

あかねは深々と頭を下げた。

あかねが買物をしてアパートへ帰ったのは、片山と別れて一時間後のことだった。

鍵《かぎ》を開けて、中へ入りながら、

「ただいま」

と、声をかける。「遅くなって、ごめんなさい」

「お帰り」

と、久保崎悟は振り返って言った。

「ご飯は炊けてるよ」

と、久保崎悟は夕刊を見ながら言った。

「そう。——デパートでおかず、買って来たわ」

と、津村あかねはコートを脱いで、「すぐ仕度するわね」

「急がなくていい。若者じゃないから、そう腹は空《す》いてないよ」

「また、そんなこと言って……」

と、あかねは笑って言った。

買って来たおかずを皿へあけて温めるだけだ。——十五分ほどで、立派な夕食のでき上り。

「今は何でも売ってるなあ」

と、久保崎悟は言った。

「たまには手料理、食べたい？」

「いや、働きながらじゃ大変だ。君が楽な方がいいよ」

——むろん、夫婦になったわけではないが、もう五年も一緒に暮しているのだ。お互い、何も言わなくても、たいていのことは呑《の》み込んでいる。

「——食べものの好みが変ったな」

と、悟が言って、あかねは食べる手を止めた。

「——そう?」

「違うか? 以前はそんなに漬物なんか食べなかったろ」

「ああ……。そうね」

あかねは、少し迷ってから、「これからもっと変るかも」

「そうか?」

「お腹の赤ちゃんに栄養取られるから」

悟が啞然《あぜん》として、あかねを見つめた。

あかねは頰を染めて、

「そんなにジロジロ見ないでよ」

「あかね……。本当なのか」

「うん」

「しかし——どうするんだ。僕はもう五十五だぞ」

「もっと年齢《とし》でも、父親になる人、いるわ」

「分ってるが……。今の収入じゃ……」

「私も働くもの。大丈夫よ!」

と、力強く言って、「産みたいの。――あなたがだめと言ったって、絶対産む！」

悟は、ちょっと息をついて、それから笑った。

「分った。――しかし、そうなると、女房に会って、離婚の話をしなきゃな」

「今はだめ」

「どうしてだ？」

「今日、刑事さんが会社に来たの」

「刑事？」

「ニュース、見なかったの？　今、息子さん、手配されてるって」

「睦が？　何をやったんだ」

あかねが片山との話を伝えると、悟は表情を曇らせて、

「洋子の奴までか……。しかし、睦も殺人未遂とは……」

「だから今はいずれにしろ連絡取れないわよ」

「そうだな……」

悟は肯いて、「遥の奴はどうしたかな」

「娘さん？　刑事さんの話には出なかったけど」

「遥は可哀そうな気がする。――洋子と睦は、もう僕の手の届かない所へ行っちまったが」

「あなた」

あかねは茶碗《ちゃわん》を置くと、悟の手を握って、

「今は私たちのことだけ考えて。生れてくる子のことと。——ね、お願い」

「分った」

悟はあかねを引き寄せて唇を重ねると、「君が僕の命を永らえさせてくれたんだ。君の幸せが第一だよ」

と言った。

「ありがとう！」

あかねは涙を拭《ぬぐ》って、「いやだ……。こんなにセンチだったかしら、私？」

「体に気を付けろよ。——具合悪ければ、無理しないで休め」

「だめよ！　私、頑張って働くんだから。この子が生まれる日まで会社に行く！」

「おい……」

と、悟は苦笑した……。

シャワーの音が聞こえてくると、久保崎悟は皿を洗う手をちょっと止めた。

小さなアパートだから、お風呂《ふろ》といっても狭い。

あかねが一人暮しをしていたこの部屋に悟は転り込んで来たのだ。——ほんの少しの間、のつもりだった。

それが、居心地の良さに一年たち、二年たち……。

とうとうこんなに月日がたってしまった。

悟は週に三日のアルバイトに出ているが、むろん収入はあかねの半分にもならない。しかし、もう五十五歳の悟にとって、新しい正規の仕事に就くことは、ほとんど不可能だった。

それにしても……。

悟の心は、複雑に揺れ動いていた。

むろん、一つにはあかねの妊娠。――あかねは心から喜んでいるようだが、出産前後のことなどを考えると、悟はただ喜んでばかりいられない。

「ともかく、フルタイムの仕事を見付けないとな……」

と呟《つぶや》く。

そして――あかねには言えないが、妻、洋子と、息子、睦のこと。

睦が殺人未遂で手配中とは……。そして洋子が睦の逃亡を助けている。

悟としては、洋子のことはともかく、睦は何といっても息子である。

睦のことが心配、というよりも、むしろ睦をそんな風に育ててしまったことで、責任を感じていたのだ。

睦は一体何をしたのか。――片山という刑事からあかねが聞いたことだけでは、詳しく分らない。

「そうか……」

よくあかねがやっているように、インターネットでニュースを調べればいいのだ。

しかし、悟はどうもパソコンが苦手だ。それでも、あかねに教わって、何とかメールくらいは打てるようになった。といって、メールを送る相手などいないが……。

風呂場から、あかねのハミングする歌が聞こえて来る。

皿や茶碗を手早く洗うと、悟はパソコンの前に座って、電源を入れた。

あかねが出て来る前に、ニュースを見ておきたい。悟は、慣れない手でマウスをそっとつかんだ……。

7 悲鳴

「先日はどうも」

片山は、外科医が白衣姿で出て来ると、礼を言った。

「やあ、刑事さん」

と、外科医はニコニコして、「どうです、けがは？」

「もう、打ったところのあざも消えました」

「それは良かった」

と、医師は言って、「――あ、そうそう。あんたに連絡しようと思っとったんだが、名刺がどこかに行ってな」

「何か……」

「この間話しとったろう、久保崎のことを」

「ええ。以前この団地に……」

「それがね、久保崎のとこの娘さんが、一昨日ここへ来たんだ」

「え？　娘が？」

「うん。足首を捻挫《ねんざ》したとかでね。まあ、大したことはなかったんで、湿布して、一応レントゲンをとった」

「久保崎……遥ですね、確か」

「そうそう。そんな名前だった」

と、医師は肯《うなず》いて、「今、この団地に一人で住んでるそうだ」

「どこにいるか分りますか」

「ちょっと待ってくれ……」

医師がメモを見付け、「これだ。――分るかね」

「はい。ありがとうございます！」

片山は急いで外科医院を出た。

午後の四時過ぎだ。――久保崎遥も働いているだろうから、まだ帰っていないかもしれない。

しかし、ともかく行ってみることにした。

そのメモの棟に入って、エレベーターで上る。

「これか」

ルームナンバーはあるが表札は入っていない。ともかく、玄関のチャイムを鳴らした。

すると、

「はあい」

と、女の声がして、すぐにドアが開き――。

刈屋しのぶが立っていたのである。

「あ……」

「え？」

二人はしばし顔を見合せ、

「片山さん――」

「どうしてここに――」

と、同時に口を開いた。

「――片山さん。何してるの、こんな所で？」

「君こそ、何してるんだい？　ここ、君の家じゃないだろ」

「ええ、ここは久保《くぼ》さんのお宅」

「久保？」

「久保遥さん。――知り合いなの？」

と、しのぶは言って、「あ、もしかして恋人とか？」

「そうじゃないよ！」

と、片山はあわてて否定した。

久保か。——本名の〈久保崎〉がいやで、そう名乗っているんだろう。病院では保険のこともあって〈久保崎〉で受診するしかなかったのだろうが。

「その——久保遥さんに、ちょっと用があってね。今はいないの？」

「いたら、私、ここにいない」

「というと？」

「私、ドッグシッターだもん」

「ドッグ……。ああ、じゃ、飼犬の面倒を見てるのか」

「そう。散歩に連れてったりね。今はもう帰って来たとこ」

「じゃ、飼主は——」

「遥さんはね、そろそろ帰ってくる時間よ」

と、しのぶは言った。「上って待ってる？」

「いいのかな」

「大丈夫。私、遥さんと仲いいの」

片山は、多少ためらいながら上り込んだ。

二間《ふたま》の作りで、ソファには片山など見たこともない小型犬が、わがもの顔に寝そべっていた。

片山がソファに座ると、犬の方はちょっと迷惑そうに起き上り、隣の部屋へ行ってしまった。

「嫌われたな。たぶん、うちに猫がいるのを分ったんだな」

と、片山は言った。「——この間、ご主人は大丈夫だった？」

「ええ」

しのぶは微笑んで、「片山さんのこと、いい人だって」

「それなら良かった」

しのぶはお茶をいれてくれた。

「——ありがとう」

「その後、例の母親と息子は？　見付かったの？」

「いや、残念ながら……」

「そう。——妹さんの具合はいかが？」

「ありがとう。目の方はね、まだ良くなってないようだ。今日もこの後病院へ寄ってみようと思ってる」

と、片山が答えたとき、玄関の方で音がして、

「ただいま」

と、女の声。

そして、あの犬が飛び出して来ると、玄関へ駆けて行った。

「ただいま、ネロ！　――ほら、そんなに飛びつかないで！　ブラウス、破れちゃう！」

「遥さん、お帰り」

「あ、しのぶさん、ありがとう。――あら、誰かお客？」

片山の靴に気付いたのだろう。

「この間話した刑事さんが……」

「え？」

片山は玄関の方へ出て行った。

「捜査一課の片山です。久保――遥さんですね。よろしければ、ちょっとお話を」

スラリとした体つき、少し老けた印象の顔立ちは、母親とも弟とも似ていない。

「――片山さん」

と、遥は上ると、「気をつかって下さってありがとう。でも、しのぶさんにはいずれ話すつもりでした」

「遥さん、私、失礼するわね」

「良かったら、一緒にいて」

と、遥は言った。「片山さん、私、確かに久保崎遥です」

「え？」

しのぶが目を見開いて、「それじゃ……」

「公園での出来事は聞きました。まさか母と弟がこんな所へ来ていたなんて」

「それじゃ、この間片山さんが追ってたのは……」

「私の母と弟なの」

と、遥は言って、「――こら、ネロ！」

犬がしきりにじゃれつくので、

「片山さん、ちょっと表に出て話をしても？」

「ええ、もちろん」

と、片山は肯いた。

「ネロ、ちょっと待ってて」

と、遥は犬をなだめて、「しのぶさん、ちょっとお願いできる？」

「うん、いいわよ」

と、しのぶは言ったものの、片山たちの話に加わりたい様子がありあり。

それを見て、遥はふき出しそうになり、

「じゃ、ネロは奥の部屋へ入れときましょ」

と言った……。

「あんまり一人にしちゃ可哀そうだ」

と、片山は言った。「遥さん。今はお母さんも弟さんも行方が分らないんです。どこか心当りはありませんか」

「私も考えたんですけど」

と、遥は言った。「ともかく、父がいなくなる前から、我が家は一人一人バラバラの家族で……」

しのぶも加わって、三人は団地の中の小さな公園に来ていた。もう夕方なので、遊んでいる子もいない。

「――そうですか」

「弟がとんでもないことをして……。申し訳ありません」

と、遥はベンチにかけて言った。

「いや、あなたが謝ることはありませんよ」

と、片山は言った。

「でも……。母はきっとあの家へ戻ってくると思います」

「そうですね。たぶん、成り行きで帰れなくなっただけで、初めから出て来るつもりではなかったようです」

「二人一緒だと目立つでしょうから。――片山さん、弟を捕まえて下さい。取り返しのつかないことをする前に」

遥の目は真剣そのものだった。

「努力します」

そして、遥が何か言いかけたときだった。

突然、どこからか女の子の甲高い悲鳴が聞こえて来たのだ。

「——何だろう？」

片山は周囲を見回して、「今の声、どこから？」

「さあ……」

と、しのぶは首をかしげて、「この団地はともかく声が響くので……」

そのとき、棟の一つから、女の子が駆け出して来た。十歳くらいの女の子だ。

「あの子だ」

片山はその女の子へと走り出した。「——どうしたの？　今、叫んだのは君？」

「トイレに……」

女の子は真青《まつさお》になって指さした。「男の人が……」

後から駆けて来たしのぶが、

「その棟の入口の奥に、外部の人の使えるトイレがあるんです！」

「分った！　この子を頼む」

片山はその女の子が駆け出して来た棟へと急いだ。

エレベーターホールの奥にトイレがある。小さいが、男性用、女性用と分れている。

「誰かいるのか！」

片山は怒鳴って、女性用の扉を開けた。

正面の窓が大きく開いていた。

急いで外へ出ると、棟の裏手へと回る。

すぐに石段を上って自動車道路になっている。あの窓から出たとしたら、もう逃げてしまっただろう。

片山は、トイレの窓の外側へと行ってみた。日陰になって、少し湿った地面に、靴の跡が半分ほどついている。

「――片山さん！」

しのぶが駆けて来た。

「あの子は？」

「お母さんが来たので。――誰かいましたか？」

「この窓から逃げたらしい。ここに靴の跡がある」

「本当だ！」

「男の革靴ですね。しかし半分しか残ってないからな。――でも、鑑識を呼んで、型を取らせましょう」

ケータイで連絡を取ると、「——男の顔を見たのかな」

「さあ……。ともかく怯《おび》えてて」

「話を聞く必要はあるけど……。今はお母さんと一緒？」

「ええ」

「じゃ、しのぶさん、ここ、見ててもらえますか？」

「はい」

片山は、急いでさっきの公園の方へと戻った。——公園の前に、久保崎遥と、さっきの女の子、それに母親がいたが、それだけでなく、七、八人の主婦が集まっていた。

「刑事さんですわ」

と、遥が言った。

女の子は、母親が来て、とりあえず落ちついた様子だった。

話を聞くと、明らかに間違って入ったというのではない。女の子が入って来るのを待ち受けていたようだ。

「どんな男の人か見た？」

と、片山が訊《き》いたが、

「よく分んない」

　と、母親の手を握りしめている。

「顔は見えた？」

「ううん。暗くて……」

「そうか」

　すると女の子は片山のネクタイを指して、

「これ……してた」

「ネクタイ？　ネクタイをしめてた？」

　片山は肯《うなず》いて、「確かに、目の前に大人に立たれたら、顔じゃなくて、ネクタイが目に入るね」

「──でも怖いわ」

　と、集まった主婦の一人が言った。「これからだってあるかもしれないし」

「ともかく、よく調べてみます。今、ここの管轄の者が来ますから」

　と、片山は言った。

　主婦たちが散って行くと、

「──とんでもないことでしたね」

　と、久保崎遥が言った。

「しかし、無事で良かった」

と、片山は言って、「——あ、いけない！　しのぶさんを置いて来た！」

急いでトイレの裏へ回ると、

「すみません！」

「いいえ。——何か分った？」

「いや、顔は見てないらしい。まあ、後はここの担当の者に任せよう」

パトカーのサイレンが近付いて来た。

「いやだわ……」

と、しのぶが表情を曇らせて、「子供が大勢いるものね、こういう所って。——そういう変な人が入って来るなんて」

「こういう、ちょっと隠れた場所のトイレなんかは、しばらく使わない方がいいかもしれないね。——しかし、ここから逃げたとして、まだ明るいんだし、誰か見た人はいないのかな」

「片山さん、調べてみて！」

と、しのぶが片山の腕を取る。

「いや、ここの担当の警官に、ちゃんと言っとくから」

「そうね……。片山さんの担当する事件じゃないものね」

「大丈夫だよ」

片山は軽くしのぶの肩を叩《たた》いた。

人の奥さんだということを、つい忘れてしまいそうになる。しのぶには、何だかそういう気安い雰囲気があった。

警官が二人、急ぎ足でやって来るのが見えた……。

8 潜入

「じゃ、ここが主な職場よ」

と、案内してくれる配膳《はいぜん》室の女性が言った。

「はい」

「もちろん、料理するのは専門の調理師。私たちの仕事は、指示通り、間違いなくお膳を患者さんに配ること」

「はい」

「そのエプロンは必ず着けて。それと帽子もね。もし髪の毛一本でも、料理に入ってたら大問題よ」

「気を付けます」

「お膳は一人一人、ほとんど違うの。けがした人なんかは同じものが出ることが多いけど、人によって、血圧が高かったり、心臓が悪かったり、色々病気を抱えてるから、料理する方も、人に合わせてこしらえてるの」

「大変ですね」

「だから配るときは、必ずお膳に付いてる名札と、患者さんの名札が合ってるか、確かめて。置いて来て戻ったとき、もう一度確認を。分った？」

「はい」

「結構。――名前、なんだっけ？」

「〈有川《ありかわ》〉です。〈有川信子《のぶこ》〉」

「じゃ、しっかりね」

「はい」

「あ、それとね、ここは病院だから、出入りするとき、必ず手を洗ってね」

「分りました」

「自分のためなの。病院の中は、目に見えなくても、色々菌で汚染されてることがあるわ。だから、できるだけ頻繁に手を洗った方がいいの」

「肝に銘じておきます」

「じゃ、頑張って。――後は中の人が細かく指示してくれるわ」

「はい」

初めは食器洗いと殺菌から。――そう言われて、〈有川信子〉は山のような、汚れた皿に向った。

「そうそう。それくらいていねいに洗えばいいわ」

「はい」

――怪しまれてはならない。

有川信子――久保崎洋子は、まず目の前の皿洗いに打ち込んだ。

〈有川〉は洋子の旧姓である。全く別の名にすると、人に呼ばれたとき、すぐ反応できないかもしれない、と思ったのだ。

もちろん、仕事を放り出して、病院内をうろつくわけにはいかない。

焦ってはいけない。

〈片山晴美〉。――息子を陥れた張本人を、この手で始末するのだ。

睦のためなら、洋子はどんなことでもできる。この十倍の皿だって、洗ってみせる！

睦……。捕まっちゃいけないよ。

逃げるのよ。母さんが、お前の代りに、制裁を加えてやるんだからね。

「――あら、手早いわね。その調子。でも、あんまり初めから根《こん》をつめない方がいいわよ」

と、声をかけられ、

「大丈夫です。働くのが楽しいんで」

と、洋子は言った。

「まあ、珍しい人ね」

その対話に、洗場では笑いが起きた。

洋子も笑った。ごく自然に笑っていたのである……。


「何か心配事？」

と、晴美に言われて、下河はギョッとした。

「いや——別に。どうしてだい？」

つい、そう訊《き》き返してしまうのが、気にしている証拠だ。

「隠さないで」

と、晴美は微笑んで、「ふしぎなもんね。目が見えないと、人の話してる声の、ちょっとした調子とか、ため息とかがちゃんと聞き取れるの」

「そんな……ため息、ついてたかい、俺？」

「ええ。——何だか悲しそうなため息だったわ」

晴美と下河は、休憩室にいた。

相変らずＴＶはおばさん連中に占領されていたが、他にはあまり人の出入りはなかった。

「悲しそう、か……。まあね」

「看護師さんに振られた？」

「おい、いくら何でも……」

と言って、下河は笑ってしまった。

どうしてだろう。——俺を刑務所へ送り込んだ刑事の妹だっていうのに、こいつと話してると、つい笑ってしまうんだ。

「そうそう。笑ってる方が、下河原さんには似合うわよ」

「どうかな……。だけど、あんただって——」

「何？」

「いや……。俺のことを知ったら、口をきく気もなくなるよ」

「どうして？」

「それは……俺が前科者だからさ」

いつしか、言葉が出ていた。「俺は、ついこの間まで刑務所にいたんだ」

「そう」

「まずいだろ、兄貴が刑事だってのに」

「どうして？　あなた脱獄して来たの？」

「まさか！」

「じゃ、刑期終えて出て来たんでしょ？　それなら何の問題もないじゃないの」

下河は晴美をまじまじと見て、

「本気でそう言ってるのか？」

「あなたにお世辞言って、何か得する？」

晴美の言葉に、下河はついまた笑ってしまった。

そのとき、

「ここにいたのか」

と、声がした。

「お兄さん。今日は早いのね」

片山がやって来たのだった。


「早いわけじゃない。さっき起きたんだ」

と、片山は言った。「どうだ、具合は？」

「相変らずだけど、大分慣れたわ」

と、晴美は答えた。「──あ、お兄さん、こちら下河原さん。仲良くしていただいてるの」

片山は足を止めた。

「下河原さん、これが兄の片山義太郎。刑事なのよ、これでも」

と、晴美が続けた。

下河は車椅子から片山を見上げた。

片山は険しい表情で下河を見ていたが、晴美が、

「お兄さん？　聞いてる？」

と言うと、

「――ああ、聞いてるよ」

と、片山は言った。「晴美の兄です。どうもお世話になって……」

下河はやや面食らったが、

「いえ、どういたしまして……」

「下河原さん、車の事故で両足骨折したんですって」

「それは災難でしたね」

「いや、まあ……」

「下河原さん、落語に詳しいの。ね、落語のテープかCD、持って来てくれる？」

「ああ、いいよ。捜しとこう」

と、片山は言った。

「俺はちょっと……」

と、下河が車椅子を操って、休憩室から出て行く。

「――何か飲物でも買って来るか？」

と、片山は訊いた。

「私はいいけど、お兄さん、何か飲む？」

「じゃ、ちょっとペットボトル、買って来る」

「うん、ここにいるから」

「すぐ戻るよ」

片山は廊下に出た。少し先に下河がいた。

「――どういうつもりだ」

片山は下河の前に立って、「知ってて妹に近付いたのか」

「たまたまさ。いくら何でも、わざわざ両足骨折してまで、あんたの妹とお近づきになりゃしないだろ」

「それはそうだな」

片山は難しい顔で、「どうして下河原なんて名のってるんだ」

「それは……何となく本当の名前が言いにくくてな。だけど――心配するな。もう口きかないよ」

と、下河は言った。「それでいいんだろ？」

片山は、しばらく下河を見ていた。

「ニャー……」

「ホームズ、いつの間に来てたんだ？」

と、片山は足下を見下ろして、「お前も挨拶《あいさつ》したのか？　下河原さんに」

ホームズは、答える代りにフワリと宙へ身を躍らせて、下河原の膝《ひざ》に乗った。

「わっ！　びっくりさせないでくれ」

片山は笑って、

「ホームズが認めてくれたようだな。――穏やかな目をしてるよ」

「俺が？　そうかい？」

下河原は面食らった。

「妹は楽しんでるようだ。――僕は何も言わないから、話し相手になってやってくれ。下河原さん」

下河原は片山を見上げて、

「やっぱり、あんたたちは変ってる」

と言った。

そのとき、

「あ、おじちゃんだ」

と、声がした。

看護師の押す車椅子に乗ってやって来たのは、亜由だった。

「やあ……」

「この間、大丈夫だった？　引っくり返っちゃって」

「ああ、大丈夫さ」

と、下河は笑って言った。「これから検査かい？」

「うん。でも、私、泣かないよ」

「そうか。偉いな」

「じゃあね。――あ、猫ちゃんだ！」

亜由はホームズを見て手を振った。

亜由が行ってしまうと、

「今の子を知ってるのか」

と、片山は訊《き》いた。

「いや……。ここで会ったのさ」

「そうじゃないだろう。見れば分るよ」

下河は、少し黙り込んでいたが、やがてふと顔を上げ、

「片山さん。――頼みがあるんだが」

「何だ？」

「あの子の母親のことを、調べてくれないかね」

「調べる？　犯罪者でもないのに、人のことを勝手に調べるわけにいかないよ」

「分ってる。しかし、あの子の母親は……たぶん、俺の妹なんだ」

と、下河は言った。


「ねえ、聞いた？」

いつも、このひと言で話を始められると、阿部郁子は苛々《いらいら》する。

何のことかも分らないで、「聞いた？」と言われても、答えられるわけがない。

いや、むろん言った方も返事を期待しているのではなく、「何の話？」と聞き返されるのを待っているのだ。

郁子は、何も言わなかった。しかし、相手は、訊かれなくてもしゃべるつもりなのだから——。

「あのピアノ弾きの中田さんって、麻薬で捕まったことがあるんですってね！」

買物の帰りだった郁子だが、足を止めないわけにいかなかった。

「そんなこと、どこで……」

「郵便受にチラシが入ってたわよ。見てないの？」

「チラシ？　全部の郵便受に？」

「たぶんそうじゃない？」

「でも——誰がそんなこと言ってるの？」

「分らないけど……」

「匿名で？　そんなの信用できないわよ」

「だけど、本当だったら？　それにさ、この間の、トイレの覗《のぞ》きも、あの人かもしれないって」

「そんなことが書いてあるの？」

「中田さんって、婦女暴行の罪でも逮捕されたって」

郁子は気が重かった。

「——ごめんなさい。ちょっと急ぐの」

と、しゃべり足りなそうなその奥さんを振り切って、郁子は足を速めた。

部屋へ戻って、買って来たものを冷蔵庫にしまったりしていたが……。

放っておくわけにいかない。

そんなチラシを配ったのが、父、国原修吉であることは分っていたのだ。

「どうしよう……」

しばし、考え込んでいた郁子は、時計を見て、まだ麻美のお迎えに時間があると分って立ち上った。

——中田直也の部屋のチャイムを鳴らして少し待った。

留守だろうか？　もう一度チャイムを鳴らすと、

「どなた？」

と、中から声がした。

「あの——阿部です。すみません、突然」

ドアが開いた。

「ああ、どうも……」

「ちょっとお話が——」

と言いかけて、郁子はハッとした。

中田の顔は、憔悴《しょうすい》し切っていたのだ。

「中田さん……」

「あのチラシのことですか」

「申し訳ありません！」

と、郁子は頭を下げ、中田は当惑した様子でそれを眺めていた。


「なるほど」

中田は肯《うなず》いて、「お父さんはあの国原さんなんですね」

「ご記憶が？」

「もちろんです」

と、即座に答える。

中田の表情が辛《つら》い記憶に歪《ゆが》んだ。

「忘れられやしませんよ。あの取り調べのときのことは……」

郁子が目を伏せると、中田は気付いて、

「いや、すみません。あなたを責めてるわけじゃないんです」

「でも父が……」

「お父さんはお父さん。あなたはあなたです」

と、中田は言った。「しかし、この団地でもそう言われるとは……」

「私はよく分っています。中田さんにピアノ演奏をお願いしたときのことも、憶《おぼ》えていますし。でも、あなたをよく知らない人は、そのチラシを……」

「真に受けていますよ。ゆうべから、匿名の電話で、ずっと眠っていません」

「まあ……」

「『出て行け』とか『変質者』とかね。——罵《のの》しられるのも面と向ってなら言い返すこともできますが」

中田は息をついて、「コーヒーでもいかがです？」

「いえ、そんな——」

「付合って下さいよ。飲みたかったんです」

「それではいただきます」

と、郁子は言った。

ていねいにコーヒーをいれて、中田は郁子に出すと、

「まあ、確かにあのころ、仲間内で大麻などをやってる者は珍しくありませんでしたからね」

と言った。「しかし、僕はやっていませんでした」

「まあ。それでも逮捕を？」

「ひとくくりにして、有罪にできると思ったんでしょうね。でも裁判では証拠不十分で無罪でした。検察も控訴しなかったんです」

「そうでしたか」

と、郁子は少しホッとしたが、「中田さん。それと……」

「分ります。もう一つの〈婦女暴行〉ですね。――女の子をお持ちだ。心配でしょう」

「あなたが何かしたとは思いません」

「ありがとう。あれは本当に無茶でした」

と、首を振って、「仲間の一人で、ファンの女の子と関係を持ったのがいて、二、三か月の付合いで喧嘩《けんか》別れしたんです。その女の子――といっても二十四、五でしたが――が、

相手を恨んで、乱暴されたと訴えたんですよ」

「じゃあ、全然違う話ですね」

「しかも、まるで関係ない僕らまで逮捕されて。——でも、その女の子の言うことが色々矛盾していると分って、結局、全員不起訴でした。犯罪などなかったんです」

「そうでしたか」

「調べて下さればすぐ分ります」

「分りました。父に言って、すぐチラシの内容を取り消させますわ」

「それは無理でしょう」

「でも——」

「大体、このチラシを作ったこと自体、認めませんよ。それに書いてあることは嘘じゃない。『逮捕された』とあるだけですからね。無罪になったとか、不起訴だったとかは書いてないが、逮捕されたことは事実ですから」

「そんな……」

「お父さんはその点抜け目ないですよ。何といってもプロだ」

「でも、このままでは……」

「そうですね。——どうも、この間、女子トイレを覗いたのも僕だということになっているらしい」

「どうしてそんなことが……」

「女の子がネクタイを見たでしょう？　あんな時間に、この辺りをウロウロしていて、ネクタイをしてるのは僕ぐらいだと」

郁子はため息をついて、

「ともかく、父に話して、何とかさせます」

「そんなことをしたら、あなたとお父さんの間が気まずくなりますよ」

「構いません。——ともかくこのままでは……」

郁子は立ち上りかけて、「あ……。コーヒー、いただきます」

コーヒーを一口飲むと、

「おいしい！」

と、郁子は言った。「本当においしいですね」

「良かった」

中田は笑顔になった。「いい方ですね、あなたは……」

その笑顔は穏やかで、やさしかった。

それを見る郁子の胸がさらに痛んだ……。

9　吠える犬

似てはいるが、まさか……。

片山は足を止めて、そのベンチに腰かけている女性を眺めた。

しかし、やっぱりそうか。――また歩き出して、そのベンチの少し手前で足を止める。

――昼休みに、こんな公園を散歩することなど、刑事である片山にはめったにないことである。

その「めったにない」日に、しかも冬とはいえ、風がなくて日射しが暖いという公園の日の当るベンチで……。

しばらくして、片山に気付いたその女性は、

「――あら」

と、目を見開いた。

「どうも」

片山は会釈した。

「私ったら……。まさか、ねえ」

と、刈屋しのぶは言った。

「何が？」

「今日、片山さんと逢《あい》びきする予定になってたかしら、と思って」

「それは確かに『まさか』だな」

と、片山は笑って、ベンチに並んで腰をおろした。「ここは警視庁から近いんでね」

「あ、そうね」

と、しのぶは言った。「気が付かなかったわ」

「どうしてここに？」

と、片山は訊《き》いた。

「あの――主人の勤め先が近いの」

「ああ、なるほど」

しのぶはちょっと恨めしそうに、

「そう納得しないでよ」

「え？　どうして？」

「私、今凄《すご》いショックを受けてるの」

片山はちょっと咳払《せきばら》いして、

「失礼。どうも、僕はそういう気配りに欠けてるらしくてね。いつも妹に叱られてるんだ」

「そんなこと……。そういう意味じゃないの」

と、しのぶは言って、空を見上げた。「すてきにきれいな空ね……」

片山は、しのぶが目に涙をためていることに気付いた。

「――今日、用事でこの近くまで来たの。主人はいつも外を回ってて、会社にはほとんどいないっていうし、会社には電話するな、って言われてたけど……。たまたま、社にいるってこともあるかもしれない、って思ってね。ケータイがつながらなかったんで、会社にかけたの」

「――それで？」

「そうしたら……。主人、もう三か月も前に、会社を辞めたって……」

片山は、少しの間、何と言っていいか分らなかった。

「それは……ショックだね」

「それで、ここにぼんやり座ってたの」

「なるほど……。まあ、たぶんご主人も言いにくかったんだろうな。リストラされて、家に言えずに毎朝出かけてくって人、今は多いらしいよ」

しのぶは微笑んで、

「片山さん、ありがとう。――やさしいわね、片山さんは」

「別にそうでも——」

「主人、リストラとかじゃないみたい」

「あの言い方だと——クビになったんだわ、きっと。何かしたのよ」

「何を？」

「分らないけど……。電話に出た女の人の言い方。何か汚ないものでも見てるようだった」

「それは……直接、ご主人に訊くしかないだろうね」

と、片山は言った。「今日帰宅したら、あんまり問い詰めるってことじゃなく、訊いてみるんだね」

「ええ」

しのぶは深く息をついて、「——良かったわ、片山さんに会えて」

「いや、僕なんか役に立てないよ」

「でも私——やっぱり、先に知っておきたいわ」

「先に？」

「主人が会社をどうして辞めさせられたのか。毎日、三か月もの間、家を出て、何をしてたのか……」

「だけど——」

「私は、確かにあの人の給与明細なんか見なかった。でも、この三か月、口座にはお金が入ってた。あの人がどこでそのお金を作ってたのか……」

「何か他の仕事をしてるのならいいがね」

「それなら、仕事を変ったって私に言えばいいわけでしょ？　言えないってことは……」

「心配なのは、その金を、どこかの高利のローンで借りたんじゃないかってことだな。たった三か月でも、利息を合わせると大した額になる」

「私、確かめるわ。この目で。——その上で主人に訊く」

しのぶは決心しているようだった。

片山としては、それ以上口を出す立場ではない。

しのぶのケータイが鳴っていた。「——久保さんだわ。久保崎さんか。——はい、もしもし。——もしもし？」

「あ、ケータイだ」

しのぶが何度か呼びかけている。

「どうかした？」

と、片山が訊くと、しのぶは眉《まゆ》をひそめて、

「これ、聞いて」

と、ケータイを片山の方へ差し出した。

片山は耳を寄せたが……。

「今のは、犬の鳴き声じゃないか？」

「片山さんにもそう聞こえた？」

「うん、あそこの何とかいう……」

「ネロよ。この声、きっとネロだわ」

「犬がかけて来た？　まさか」

と、片山は言ったが、「――ということは、遥さんが……」

片山は立ち上って、

「すぐに行ってみよう」

「ええ！」

しのぶも即座に立ち上っていた……。


「久保さん！　――久保崎さん！」

玄関のドアを、しのぶは何度も叩《たた》いた。

しかし、返事がない。

「どうする？」

と、しのぶが言った。

「中へ入ろう。もし鍵《かぎ》が――」

片山はドアノブをつかんで回した。「開いてる」

ドアは開いて来た。

ネロが中から走り出して来て、吠《ほ》えた。

「久保崎さん？」

「上ろう」

片山は部屋へ上った。

「あれ……」

しのぶが足を止める。

ベッドが見える。――人の形に盛り上っていたが、頭も出ていない。

ネロは吠え続けていた。

片山は思い切ってベッドへ歩み寄ると、掛け布団をめくった。

しのぶが手で口を抑えた。

久保崎遥が、半裸の状態で横たわっていた。

首には細い紐《ひも》が巻きつき、深く食い込んだ跡がある。――久保崎遥は死んでいた。

悔しげに見開いた目が、じっと天井をにらみつけている。

「殺されてる……」

「どうして……」

「どこにも触らないで。すぐ通報するから。君は家へ帰ってた方がいいんじゃないか」

と、片山は言った。

「ええ……。でも、大丈夫？」

「何が？」

「片山さん、真青よ」

片山はため息をつくと、

「それを言わないでくれ！」

と言って、ケータイを取り出した。

ネロが、ベッドのそばに来ると、吠えるのをやめて、じっと座り込み、ベッドを見上げていた。


「片山さん」

石津刑事が、現場の久保崎遥の部屋に顔を出した。

「来たのか」

片山は少しホッとした。

「晴美さんから言いつかって来ました」

「何を？」

「晴美さんの代理だそうです」

石津の足下からホームズがヒョイと顔を出した。

「ホームズか。ここは犬がいるぞ」

「ニャー」

ホームズは意に介さない様子で、部屋へ入って来た。

石津は、上半身裸の久保崎遥の死体を見て、

「男関係……ですかね」

「どうかな。――室内が荒らされた跡はない。まあ、強盗の仕業じゃないだろう」

ホームズが、ベッド脇の小さなテーブルの上にフワリと飛び乗った。

「――分ってるよ」

と、片山は渋い顔で、「いくら死体に弱くても、それくらい見てるさ」

遥が着ていたと思われるセーターやシャツが、そのテーブルの上にたたんで置かれている。

「あのセーターに見覚えは？」

と、片山は、一緒に死体を発見した刈屋しのぶに訊《き》いた。

しのぶは死体を見ないようにしながら、

「ええ……。時々遥さんが着てたわ」

「じゃ、やはり自分でたたんだってことだな」

「でしょうね。――几帳面《きちようめん》な人だったわ」

と、しのぶは肯《うなず》いた。

「付き合っていた男性のことは、聞いたことある？」

「さあ……」

しのぶは首をかしげて、「あんまり他人と親しくなるタイプじゃなかったわ。――以前にここにいて、色々あったわけだし。あんまり自分のことを話したがらなかったのも分るわ」

「そうか。彼女の持物を調べてみよう。男のことが分るかもしれない」

「バッグの中を出してみましょうか」

「うん。手帳でもないか」

石津が、遥のバッグの中身をテーブルの上に並べたが、手帳やメモらしいものはない。

「ケータイがない」

と、しのぶが言った。

「君へかけて来たのは、彼女のケータイからだろう？」

「ええ。でも、誰がかけたのかしら？　遥さんはとても……」

「犯人だ、きっと。まさか、ネロがかけるわけないんだから、他に考えられない」

「じゃ、かけておいて、わざとネロの吠える声を聞かせたということ？　でも、どうして？」

「分らない。犯人はその上でケータイを持ち去ったんだろう」

と、片山は言った。「犯人は死体を早く発見してもらいたかったのかもしれないな」

だが、そこにどんな理由があったのか。

「――ネロ、可哀そうに」

と、しのぶは、部屋の隅でうずくまっている犬の方を見た。「ここには置いとけないわね。どうするの？」

「さあ……。ともかくこの近くで、もらってくれる人がいればいいけど……」

「馴《な》れてるのは私よね。ドッグシッターで、面倒みてたし」

「じゃ、君が引き取ってくれるかい？」

「主人に訊いてみないと……。あんまり、生きものを飼うの、好きじゃないの、あの人」

と、しのぶは言った。「それに……今はそれどころじゃないかも……」

そうだった。しのぶの夫、刈屋浩茂は会社を辞めてしまっているのだ。確かに犬を飼う余裕などないかもしれない。

――ホームズが、床に飛び下りると、しのぶの足下へ来て、何かを促すように鳴いた。

「何かご用？」

と、しのぶが言うと、ホームズは台所の方へスタスタ歩いて行き、隅に置かれていたドッグフードの箱を見上げた。

「ああ、そうだわ」

と、しのぶは立ち上って、「ネロに食べさせなきゃ！　忘れてた」

しのぶが急いで器にドッグフードをあけて床に置くと、ネロは駆けて来て、夢中で食べ始めた。

「ごめんね。——飼主が殺されても、お腹は空《す》くわよね」

と、しのぶは言ってから、「ホームズって、凄《すご》い猫なのね」

「まあね……」

片山はホームズが室内を見て歩いているのを眺めて言った。

「そういえば、片山さん」

と、石津が思い出したように、「下の広場で、住人たちが集まってましたよ」

「そうか。事件のこと、まだ詳しく知らないんだな。説明しないといけない」

と、片山が言ったとき、

「すみません！」

と、女性の声がした。

「――誰だ?」

「お願いします!　担当の刑事さんを」

玄関で止められている女性を見て、

「あなたは……」

「片山さんですね!」

「ああ、確か国原さんの――」

「娘です。阿部郁子といいます」

と、早口に言って、「お願いです!　下の広場へ来て下さい!」

「どうしたんですか?」

「父が……」

と、口ごもる。

片山は石津を促して、一緒に部屋を出た。

エレベーターを降りて、建物から外へ出ると、興奮した様子の女性たちの声が響いていた。

「人殺し!」

「今度はうちの子を狙ってるの?」

この団地の女性たちが誰かを取り囲んでいるらしい。

かなり感情的に、

「あんたのような男は死んじまえばいいのよ！」

という叫び声に、ワッと拍手が起る。

「屋上から飛び下りれば簡単よ！」

「怖いのなら、押してやるわ！」

と、口々に叫ぶ。

片山は、国原がその騒ぎから少し離れて、腕組みして立っているのに気付いた。

「石津、解散させろ」

「はい！」

片山は、

「国原さん」

と、声をかけた。

国原の顔に一瞬、「しまった」という表情が浮んだが、すぐに笑顔になって、

「やあ、片山さん、ご苦労さまです」

「何ごとです？」

「なあに、ちょっと話し合ってるだけですよ」

「そうは思えませんがね」

片山は阿部郁子からざっと話を聞いていた。

石津が、女性たちの人垣をぐいと押し分けて、中へ入った。

そして、青ざめた男性を支えながら連れ出した。

「——警視庁の者です」

と、片山が進み出て、「ここで起った殺人事件については、これから捜査に入ります。

情報はできるだけ皆さんに知らせていきます」

「そいつが犯人なのよ！」

と、一人が指さした。

「中田さんですね」

と、片山は言った。「大丈夫ですか？」

「何とか……」

中田は石津に支えられて、やっと両足を踏んばって立った。「突然取り囲まれて……。

包丁を持っている人もいます」

「刃物を？」

「身を護《まも》るのよ！　自分の身を護って何が悪いの？」

「国原さんに聞いて！　その男は麻薬と婦女暴行で刑務所に入ってるのよ。私たち、子供が危険な目にあうのを黙って見てはいられないわ！」

「そうよ！」

「落ちついて下さい」

と、片山は言った。「中田さんは麻薬については裁判で無罪になっています。もう一つの婦女暴行については、起訴さえされていません」

片山は国原を見て、

「国原さんも、そのことは知ってるんでしょう？」

「逮捕された、と言っただけです。刑務所に入ったとは一度も言ってない」

「分っていて、なぜ止めなかったんです？」

「いや、これは正常な話し合いですから」

と、国原は言った。

「包丁を持って、ですか」

「料理の途中だったんじゃないですか」

と、国原は肩をすくめた。

「お父さん！　いい加減にして！」

と、郁子がたまりかねたように進み出た。

「郁子。お前はどうしてそんな奴の肩を持つんだ」

「そんな……。私はお父さんのしてることを止めようとしているだけよ」

「お前は麻美が殺されるようなことになってもいいのか」

「どうしてそんな話になるの？」

「決っとるじゃないか。あのトイレを覗《のぞ》いた男はネクタイをしめてたんだぞ。あんな時間にネクタイをしてウロウロしているのは、そいつくらいだ」

片山はため息をついて、

「国原さん。あなたも刑事だったんだ。そんな曖昧《あいまい》な証拠で人を犯人扱いできないことぐらい分ってるでしょう」

「私はね、三十年以上刑事をやって来た。私には永年の経験から勘が働くんです。そういう男は必ず何かやらかす」

「もう沢山よ」

と、郁子は怒りを抑えて、「二度とあんなチラシを作ったりしないでちょうだい」

「俺が作ったって証拠があるのか」

「お父さん……」

郁子が、全く見知らぬ人間を見るように、父親を見つめた。

「もうやめて下さい」

と、中田が言った。「阿部さん、ありがとう。――いくら理屈で話しても、この人たちには通じません。僕は出て行きます」

「中田さん……」

「それが一番いい。ありがとうございました」

中田は郁子に向って頭を下げると、自分の棟へと歩き出した……。

集まっていた女性たちも、何となく興奮が冷めてしまった様子で、各々が散って行った。

国原もいつの間にか姿を消している。

「お騒がせしました」

と、阿部郁子が片山に礼を言った。

「いや、大変なことになりかねなかった。知らせてくれて良かったですよ」

と、片山は言った。

「でも、父は……」

「国原さんは確かにベテランでしょうが、勘に頼る捜査というのは危険です。あなたの言うことが正しい」

「ありがとう、片山さん」

と、郁子はやっと微笑んで、「家で父と冷戦状態になりそうですわ」

片山としても、それについては何も言えなかった。

「――怖いですね、思い込みって」

と、石津が首を振って、「実際、僕が割って入らなかったら、あの包丁を持ったおばさん、中田さんを刺しかねませんでしたよ」

「自分が正しいことをしてると信じているから始末が悪い」

片山たちが、現場へ戻ろうとすると、刈屋しのぶが犬のネロを抱いて立っていた。

「見てたのか」

「ええ。片山さん、勇敢ね」

と、しのぶは言った。

「お世辞はやめようよ。——もう帰った方がいいんじゃないの？」

「帰るわ、このまま。でも、ネロはもう今夜から寝る場所に誰もいないの。——やっぱり置いていけないわ」

「ご主人は大丈夫？」

「分らないけど……。ともかく今夜だけは辛抱してもらう」

しのぶがネロを抱いて足早に立ち去るのを、片山は見送っていたが、

「さあ、現場に戻ろう」

と、石津を促した。

しのぶは、夫が会社を辞めていたことを知って、ショックを受けていたのだ。犬を連れて帰って、夫にどう話すつもりだろう？

まあ、それは自分の口を出すことじゃないが……。
片山は、それでも寂しげだったしのぶの後姿を忘れられなかった。

10　ショック

こんなに簡単でいいのかしら？

それは、いささか拍子抜けとしか言えなかった。

「有川さん、お昼、食べてちょうだい」

と、声をかけられ、

「はい」

と、久保崎洋子は答えた。

お昼といっても、ずいぶん遅い時間になっていたが、交替で食べに行くので、新米の「有川信子」は順番が遅いのである。

「――ごめんね。遅くなって」

と、同じ仕事の直子《なおこ》がポンと洋子の肩を叩《たた》く。「お腹空いたでしょ」

「いいえ、ちっとも」

むろん、本当は空いている。「じゃ、ちょっと失礼して」

「ゆっくり食べて来て」

でっぷりと太った直子は——姓は知らなかった——そう言って、洋子に手を振ったが、実際にはもう夕食の用意が始まっているので、二十分くらいで戻らねばならなかった。

洋子は、下の食堂でラーメンでも食べようと思った。それが一番早い。

足早に、休憩室の前を通りかかったとき、

「片山さん」

と、看護師の声がした。

洋子はハッと足を止めた。——今、確かに「片山」と聞こえたが——。

「片山晴美さんですね」

やっぱり！　洋子は、休憩室の中を覗き込んだ。

「はい、片山です」

ソファに座った若い女が答えている。

あれが……。あれが〈片山晴美〉なのだ。あの女が、睦をあんな目にあわせたのだ。

「ごめんなさい。検査の時間なんだけど、先生の所に急患が入ってしまってね。少し遅れそうなの」

と、看護師が言った。

「分りました。私は構いません」

「一旦《いったん》病室に戻る？　連れて行きましょうか？」

「いえ、ここにいます」

「そう？　じゃ、準備ができたらまた呼びに来るから」

「はい、よろしく」

と、晴美が微笑んで返事をする。

「どう、目の具合？　まだ良くならない？」

「たまに……何かボーッと明るく見える感じのするときがあるんですけど。まだほとんど変りません」

「そう。――不便でしょうけど、辛抱してね。何でも近くの看護師に言いつけていいのよ」

「はい、大丈夫です」

「じゃ、後でね」

看護師が足早に出て行くのを、顔をそむけてやり過すと、洋子は片山晴美の方を覗《のぞ》き見た。

「あの分じゃ、しばらく待たされそうだな」

と、片山晴美に話しかけているのは、車椅子の大柄な男だった。

洋子は、片山晴美当人を今、初めて見たのだった。そして今の看護師の話では、目が見えなくなっているらしい。

「仕方ないわ。こういう大病院は、色んな患者さんがみえるものね」

「何か飲むか？　コーヒーでも買って来てやろうか」

「でも――悪いわ」

「なあに、ちっとも。待ってろ」

男は車椅子を操って、休憩室から出て行った。

洋子は、ソファで一人になっている片山晴美を、じっと見ていた。

休憩室には大型のＴＶがあって、その前はベテラン（？）らしい女性患者たちが占領していたが……。

そのとき館内放送が流れた。

「合唱練習に参加の方は、お集まり下さい……」

それを聞いて、ＴＶ前の女性たちは、

「あ、そうだったわ！」

「練習だったわね、今日」

「忘れてた！」

と、口々に言いながら、一斉に立ち上り、出て行ってしまった。

洋子は、休憩室が空っぽになったのを見て、啞然《あぜん》とした。――片山晴美だけが一人、残っている。

こんなチャンスは、二度と巡って来ないかもしれない。

洋子は、「こんなに簡単でいいのかしら？」と自分に問いかけながら、静かに休憩室の中へ入って行った。

何だか、いやに静かになったわ。


晴美は、TVがつけっ放しになっているものの、その前でいつもおしゃべりしている女たちの声がしないのに気付いた。

出て行ったのかしら？

晴美は、休憩室の中を見回した。

目が見えないと、「耳で見る」ものだと晴美は知った。

初めは自分がどっちを見ているのかも分らず、恐ろしかったが、何日かたつ内に、移動する音——人の話し声や足音、ガラガラというストレッチャーの車輪の音など——と、絶えず窓越しに聞こえている車の音、ドアの開閉の音のような「動かない音」を聞き分けられるようになる。

そうすると、自分の位置や向きを、「動かない音」との係《かかわ》りでつかめるのである。

この休憩室では、ソファの位置と向きが決っているので、一旦座れば自分がどう座っているか分って安心だ。

あの下河原が戻ってくれれば、車椅子のかすかにきしむ音がする。

そう。——今は他に誰もいないらしい。

「こんなこともあるのね……」

と、晴美は呟《つぶや》いた。

しかし、そのとき、かすかだが床をこするサンダルの音が聞こえた。

晴美は耳をそっちへと向けた。——誰か入って来たのか？

しかし、そのかすかな足音は不自然だった。普通に歩いていれば、サンダルの音はもっとはっきり聞こえる。

気のせいか、それとも別の音か。——しかし、じっと耳を澄ますと、その足音は確かに晴美の方へと移動している。

晴美はテーブルの方へ手を伸した。テーブルの上を探ると、いつも数冊の女性誌が重ねてあるのに指が触れる。女性ファッション誌は分厚くて重い。

晴美は一冊を手に取った。

その雑誌を膝《ひざ》の上できつく丸める。そしてしっかりと右手で握った。

キュッ、キュッとサンダルのかすかな音が、晴美のソファの背後の方へと回り込んで行く。

これは普通ではない。晴美の耳は、少し荒い息づかいまで聞き取っていた。

晴美はちょっと息を吸い込むと、

「誰なの！」

と、鋭く声を出した。

ハッと息を呑《の》む気配がした。

そのときだった。――晴美の耳に、TVの音声が飛び込んで来たのだ。

いや、ずっと聞こえてはいたのだが……。

TVはニュースの時間になっていた。

「――団地の部屋で、住人の久保崎遥さんが死んでいるのが見付かりました。久保崎さんは首を絞められたものと見られ、警察では殺人事件とみて捜査しています……」

久保崎？　――久保崎遥。

晴美にも聞き覚えがある。あの久保崎睦の姉ではなかったか。

そのとき晴美の背後で、

「遥が……」

と呟く女の声がした。

遥、と呼び捨てた女の声。

晴美はハッとした。

「久保崎さん？　久保崎さんね？」

相手がうろたえている気配。――そのとき、休憩室の入口の方から、下河の車椅子の音が聞こえて来た。

「下河原さん！」

と、晴美は叫んだ。「その女性を捕まえて！」

タタッと駆け出す足音。

「おい、待て！」

と、下河が怒鳴った。

金属のぶつかる音。「アッ」と短く女の声がした。

「おい！　――止まれ！」

と、下河は怒鳴った。

「下河原さん！　――ありがとう。大丈夫？」

「逃げてったぞ。俺の車椅子にぶつかって、足にけがしたらしい」

「どんな女だった？」

「食事を配ってる女じゃないか？　そんな格好してたよ」

「今の……久保崎睦の母親よ、きっと」

「何だって？　その爆弾を仕掛けた奴の？」

「お兄さん、いないわね。――お願い。誰か看護師さんを呼んで」

晴美はケータイを取り出した。〈着信記録〉のボタンを押すと兄につながるはずだ。

「――もしもし、お兄さん？」

「晴美、どうかしたのか」

片山も、晴美の声で何かを感じたらしい。

「今、病院の休憩室に久保崎洋子が現われたわ」

「何だと？」

晴美が手短かに状況を説明すると、

「すぐそっちへ行く！」

「ええ。下河原さんが一緒にいてくれるわ。大丈夫」

「そこにいるのか？」

下河が看護師を呼び寄せて、車椅子で晴美の方へやって来た。

「今、近くに――」

「代ってくれ」

と、片山は言った。

「お兄さんが話したいって」

「あ、そう……」

「下河か」

「はあ……。そうです」

「すぐそっちに駆けつける。それまで妹のそばにいてやってくれ」

と、片山は言った。

「それはもう……。俺でよければ」

「頼む。——病院の人がいたら、代ってくれ」

下河はケータイをベテランの看護師へ渡した。

「——助かったわ」

と、晴美が言った。「ありがとう」

「コーヒーを床へぶちまけちまったな」

「いいわよ、そんなこと」

「無事で良かった」

「ええ」

「——その雑誌、何で丸めて持ってるんだ?」

言われて、晴美はまだ雑誌を固く握りしめていたことに気付いた。

「ああ……。忘れてた」

ゆっくりと手を開くと、雑誌が足下に落ちた。「これで相手を殴ろうと思って」

「なるほどな。——大した度胸だ」

と、下河は舌を巻いた。

「ちっとも」

晴美は、右手を何度も開いたり閉じたりした。そうしないと、こわばった指が元に戻らない。

「怖かったのよ。――まだてのひらがじっとり汗かいてるわ」

「一人にするんじゃなかったな」

「あなたのせいじゃないわ」

「俺は――」

と言いかけて、「本当のことを言うと、俺の名は下河原じゃない」

「下河さんでしょ。兄が捕まえた人ね」

「――知ってたのか？」

晴美は微笑んで、

「話している内に分った。それに、下河原って、似過ぎてない？」

「まあな……。とっさに〈原〉をくっつけたんだ」

「そんなことだと思ったわ」

「俺の考えるのは、せいぜいそれくらいだ」

と、下河は苦笑して、「しかし、ずっと〈下河原〉と呼んでくれてたな」

「だって、本人がそう名のってるんですもの。その名で呼ばなきゃ失礼でしょ」

下河はちょっとの間晴美を見つめていた。

「——本当に、あんたたち兄妹は変ってるぜ」

と、下河は言った。「確か、兄貴の相棒のでかい刑事が、あんたに惚《ほ》れてるんだったよな」

「石津さんのことね。よく知ってるわね」

「どこで聞いたかな」

と、下河は言った。「——誰か戻って来た」

「大丈夫ですか?」

と、ベテランの看護師がやって来て、「今、調べてみました。〈有川信子〉という名で働いていたようです。制服のまま、どこかへ姿を消してしまいました」

「ありがとうございます」

と、晴美は言った。

「じき兄が来ると思います。できれば、その人の私物がロッカーにでも残っていたら……」

「ああ、分りました。すぐ手配しましょう」

看護師が出て行くと、晴美はTVの方へ向きながら、

「TVのニュースで、あの人の手が止ったわ。娘さんが殺されたって言ってたわね」

「どういうことなんだ？」

「さあ……。でも娘さんは気の毒だわ」

そこへ、何人か入院患者が入って来て、ガヤガヤとおしゃべりしながらＴＶの前に陣取った。

11　秘密の心

「あんまりあてにはならないんだが……」

と、久保崎悟は夕食をとりながら言った。

「どうしたの？」

津村あかねは、お茶を注《そそ》ぎながら、「宝くじでも買った？」

「それもいいかな」

と、久保崎は笑って、「明日、ちょっとした個人事務所だが、一応会ってくれることになったんだ。うまくいけば雇ってくれるかもしれない」

「まあ。良かったわね！」

「いや、どうなるか分らないぜ。ただ、よそじゃ五十五って年齢だけで、会ってもくれなかったからな」

久保崎は息をついて、「ごちそうさま！　――今日、夕刊は？」

「ごめんなさい。買うの忘れちゃって」

「ああ、いいさ。ニュースはTVで見ればいい」

あかねは、ちょっと食べる手を止めたが、

「今日は評判のワッフルを買って来たの。後で食べましょ」

「おい、僕はもう食べた分だけ太っちまうんだよ。またズボンが入らなくなる」

「私はこれからもっと太るわ」

「それとは事情が違うよ」

――あかねは、そっと久保崎の表情をうかがっていた。

ケータイで見たニュースで、久保崎の娘が殺されたことを知った。もし久保崎が知ったら……。

あかねは久保崎が行ってしまうのではないかと不安だった。――信じていないわけではない。けれども、一旦《いったん》久保崎が戻って行ったら、まだ妻も子もいるのだ。

いっそ何も知らずにいてくれたら……。

だから、夕刊を買ってくるのも「忘れた」のだった。

後で知ったら、久保崎は怒るかもしれない。でも――今のあかねにとっては、どんな大事件よりも、あかねとお腹の子のことが大切なのである。

「――ねえ」

と、あかねは食事の片付けをして、久保崎のそばに座ると、「私のお願いを聞いてくれる？」

「何だい？」

「一緒にお風呂《ふろ》に入って」

久保崎は目を丸くして、

「おい、ここは温泉旅館じゃないんだぜ」

「大浴場じゃないことくらい分ってる。でも、たまにはいいでしょ。——私のお腹にも触ってみてよ」

「狭すぎて窮屈じゃないか」

「それがいいのよ。ぴったり身を寄せ合ってる感じが」

と、あかねは久保崎にもたれかかって、「初めのころは、よく一緒に入ったじゃないの」

「しかし……。二人で湯舟に入ったら、ドッとお湯が溢《あふ》れて、部屋が水びたしになって大変だったじゃないか」

「そんなこともあったわね」

と、あかねは笑って、「下の部屋の人に叱られたっけ」

「そうだったな」

「だから、お湯は少なめに入れて。——いいでしょ？」

「分ったよ」

久保崎は、あかねの肩を抱いた。「背中を流してあげよう」

「ありがとう！　じゃ、お湯を入れてくるわね」

と、あかねは立って行った……。


「あかね……」

と、久保崎は言った。「——寝たのか」

あかねはぴったりと久保崎に寄り添って、深い寝息をたてていた。

あかね……。すまないな。

久保崎には、あかねの思いがよく分っていた。

あかねが帰って来る前に、TVのニュースで、遥が殺されたことを知ったのだ。

あかねにもちゃんと話をして、名のり出ようかと思った。

しかし、帰宅したあかねの様子を見て、すぐに分った。あかねも知っているのだと。

そして、あかねは必死で久保崎をつなぎとめようとしている。一緒に風呂に入り、そのままこうして抱かれた……。

あかねは不安だったのだ。——その気持は痛いほど伝わって来て、久保崎はとても話せなくなってしまった。

——明日、仕事の話で出かけるのも嘘ではない。しかし同時に、警察へ行って話すつもりだった。

妻の洋子も、息子の睦も、遥の葬式を出してやれる状況ではないだろう。

こんな父親でも、せめて娘をちゃんと葬《ほうむ》ってやらなくては。

そして、洋子と睦のことも心配だった。

夫として、父親として、何かできることがあるかもしれない。

心配するな、あかね。

久保崎は、あかねをそっと抱き寄せた。

あかねがちょっと身動きして、深く息をついた。

お前を見捨てたりするものか。——大丈夫だとも。


「ただいま」

と、玄関で声がして、いつの間にかソファで眠ってしまっていたしのぶはハッと目を覚ました。

「お帰り……なさい」

と、欠伸《あくび》しつつ言うと、刈屋浩茂は居間を覗《のぞ》きながら笑って、

「寝てたのか。起して悪かったな」

「ごめんなさい。——迎えに行かなくて良かったの？」

と、しのぶは訊《き》いた。

「ああ。今日は接待で飲んで、そこからタクシーさ」

と、刈屋はネクタイを外した。「疲れた！　さっぱりしたものが食べたいな。お茶漬がいい」

「お安いご用よ」

と、しのぶは微笑んだ。

「――何か変ったことはあったかい？」

と、刈屋が上着を脱ぎながら寝室へ。

「別に」

と答えながら、これはいつものくせで、そう言ってしまったが、本当は何かあったような気がする。

何だっけ？

しのぶが思い出すより、寝室で、「二つの声」が聞こえる方が早かった。

「ワアッ！」

「キャン！」

そうだ！　寝室で、ネロが寝ていたんだった！

「あなた！」

と、駆けつける。

「犬がいる!」

と、刈屋が廊下へ出て来て、「どこかの犬が勝手に寝てるぞ!」

「勝手じゃないの。私が連れて来たのよ」

「何だって?」

「ごめんなさい。あなたに相談しないで。でも仕方なかったの。飼主が殺されちゃったんで……」

「どこで拾ったのか知らないけど——」

と、刈屋は言いかけて、「飼主が何だって?」

「殺されたの。久保崎遥さんって、いつも私がドッグシッターをしてたお家の……」

「ああ、知ってる。一人暮しの——」

「それで、ネロをどうにかしないといけなかったの」

と、しのぶは言った。「あなた、お願い! いいでしょう?」

「ずっと飼うのか?」

刈屋はため息をついたが、「——分った。こうなっちゃ仕方ないな」

と、肩をすくめた。

「ありがとう! 明日、ちゃんとネロのベッドをこしらえるわ」

と、しのぶは素早く夫にキスした。

本当なら——それどころじゃない。

会社を辞めて、どうしてるの？　この時間まで、どこで何をしてたの？

そう訊かなくちゃならなかったのだ。

でもしのぶには訊けなかった。

訊けば、やさしい夫は困るだろう。そう思うと、どうしても言えなかったのである。

「——じゃ、お茶漬を作っとくわね」

と、しのぶは言った。


「もしもし、母さん？」

「睦……。大丈夫なの？」

と、久保崎洋子はケータイを手に言った。

「うん」

と、睦は言った。「母さん、ニュース、見た？」

「遥のことだね」

「うん。——殺されたなんて！」

「詳しいことは分らないけどね」

「でも――ひどい奴だ！」

と、睦は声を震わせて、「姉さんみたいなやさしい人を……」

「睦、大きな声出して。周りに人はいないの？」

「ああ……。今、ホテルの部屋だよ」

「それならいいけど……」

「母さんが金を持って来てくれたんで、助かったよ」

「良かったね」

と、洋子は言った。「気を付けるんだよ。ホテルの者に顔をじっくり見られないようにね」

「ああ、ビジネスホテルだから大丈夫。食べるもんはコンビニで仕入れたよ」

睦は呑気《のんき》な声になった。

「用心しなさいよ」

「うん。じゃ、またかけるよ」

「ああ……」

洋子は通話が切れると、しばらくそのケータイを見ていた。

睦は気付かなかったが、洋子は足の痛みに冷汗をかいていた。

あの休憩室で、片山晴美から名前を呼ばれて、あわててしまった。逃げるとき、入口をふさぐようにしていた男の車椅子をよけようとして、右足をぶつけてしまったのである。

そこから逃げるときは夢中だったのだが、病院の外に出てホッとすると、急に痛み出し、まともに歩けなくなった。

少し離れたこの公園にやって来て、ベンチに腰をおろしてから見ると、右足のふくらはぎが紫色になって脹《は》れていた。ちょっと指で触れただけでも、思わず声を出しそうになるほど痛い。

このまま放っておいて大丈夫だろうか？

しかし、まさかあの病院に戻って診てもらうわけにもいかないのだ。

「もう少しだったのに……」

と、悔んだ。

娘の遥が殺されたというニュースは、確かにショックだった。しかし、今の自分にとっては、睦を守ることが最優先だ……。

パトカーのサイレンが聞こえてハッとした。

ここはあの病院からそう離れていない。この辺まで捜索の手は伸びてくるだろう。もう少し遠くへ行かなければ……。

立ち上った洋子は、歩き出してすぐに、痛みで立っていられなくなった。ベンチへ戻ろうと体をねじったが、そのまま地面に倒れ込んでしまった。

ああ……。こんなことで、睦を救ってはやれない。しっかりしなくちゃ……。

立ち上ろうとするのだが、右足の痛みはますますひどくなった。

「――どうしました？」

突然声がして、洋子はびっくりした。

見上げると、中年の男が紙袋を抱えて立っている。

「あの……すみません。ちょっと手を貸してもらえます？」

「ええ。――けがしてるんですか？」

男が肩を貸してくれて、洋子は何とかベンチに戻った。

「――ありがとう。もう大丈夫です」

「でも、ひどく痛むようですね」

男はしゃがみ込んで、洋子の右足を、街灯の明りで見ると、「こりゃひどい。内出血して、熱を持ってますよ」

「ええ……。ちょっとぶつけて……」

「こりゃ、ちょっとどころじゃない。医者に見せないと。誰か呼んで来ましょうか？」

「いえ、いいんです！」

と、洋子は苛々《いらいら》して、「放っといて！　自分で何とかします」

「そうですか……。ま、いいですけどね」

男は立ち上った。「早く手当しないと、足を切断することになりかねませんよ」

「変なこと言わないで！　分りもしないくせに」

と、洋子は言い返して、「ちゃんと歩けます。冷やせば治るわ、こんなの」

ギュッと唇をかみしめて、痛みをこらえつつ立ち上った洋子は、二、三歩行ったところでよろけ、そのまま倒れ伏した。

どうしたの？　ちゃんと歩いてたのに。ちゃんと……。

痛みは薄れて行った。──治るんだわ、と思った。

しかし、そのまま洋子は意識を失ってしまったのだ……。


「遅くなってすみません」

と、阿部君治は言って、向い合った席に座った。「帰りがけに電話が入って」

「いや、構わんよ」

と、国原はビールを飲み干して、「おい、もう一杯くれ！　何か飲めよ」

「あ、そうですね。──じゃ、僕もビール」

阿部はおしぼりで手を拭《ふ》いて、「お義父《とう》さん、それでお話っていうのは……」

「うん。──会社帰りの君を捕まえて、こんな駅前の居酒屋で話をするってのも妙なものだがね。毎日、家で顔を合せてるんだし」

「でも、何かわけがおありなんでしょう?」

「そうなんだ。実は今日ね——」

国原は、中田をめぐる出来事について話すと、「まあ、郁子が君にどう話してるか知らんが、私に言わせりゃ、ああいう男はまた必ず何かやらかすんだ。私は孫が可愛いからこそ言ってるんだよ。麻美の身に何かあってから悔んでも遅い」

「ええ、分ります」

「それでね」

と、国原は少し声を低めて、「これは、決して口にしちゃいかんことだと思って来たんだが、今日のことで、きっと団地中で噂になると思うんだ。君がそれを耳にしたら、もっとショックだと思うのでね」

「何でしょう」

ビールが来て、阿部は二口三口飲むと、「——言って下さい」

「うん……。自分の娘のことで、こんなことは口にしたくないんだが」

と、国原は言った。「郁子は、あの中田って男と、できてるんだ」

阿部は目を見開いて、

「それは——郁子が浮気してるってことですか」

国原は、深刻な顔で肯《うなず》くと、

「君は毎日会社へ行ってるから分らないだろうがね。郁子が毎日決った時間に家を空ける。──まあ、買物にでも行くんだろうと思ってたが、それにしちゃ長くかかる。麻美の幼稚園があるから午前中のことだが、どうも見ていると様子がおかしいんだ」

「お義父さん」

と、阿部はじっと国原を見て、「それはお義父さんの想像ですか？　それとも何かはっきりした証拠あってのお話ですか」

「俺は刑事だよ。証拠のない話はしない」

と、国原は言った。

「ということは……」

「団地の管理事務所の人間にね、話をしたんだ。もちろん極秘ってことでね。中田の部屋へ留守中に入らせてもらった」

「それは──」

「分ってるとも。むろん問題はある。しかし、俺は今は刑事じゃないからね」

「それで？」

「管理組合の理事に立ち会ってもらって、中田の部屋の中を調べた。──もちろん、必要のない所は覗《のぞ》いてない。それでも、これが見付かったんだ」

国原が上着のポケットから取り出したのは、赤い花柄のスカーフだった。「──見憶《みおぼ》えがあるだろ？」

「ええ……。郁子のですね」

「そうなんだ。中田のベッドの中を探ったら、これが出て来た。俺もがっかりしたね」

「そうですか……」

阿部はそのスカーフを手に取って眺めていたが、「僕もがっかりですね」

「がっかりなんてものじゃないだろう。辛《つら》い気持はよく分る。娘に代って詫《わ》びるよ」

「いえ、そうじゃありません」

と、阿部は首を振って、「お義父さんにがっかりしたんです」

「何だって？　どういう意味だね」

と、国原が訊《き》くと、

「何てひどいことするの」

と、声がして、国原の傍に郁子がやって来て立った。

「郁子……。お前、どうして——」

「お義父さんから電話もらったとき、どうもおかしいと思って、郁子へ知らせたんです」

「私、先に来てたのよ、この店に」

と、郁子は固い表情で、「そのスカーフ、お父さん、おとといの夜、引出しから持ち出したでしょう。私、見てたのよ」

「郁子から聞いてたので、何に使うんだろうと思ってたんです。——中田さんの所へ持ち込んで、そこで見付けたふりをしたんですね」

「それに、勝手に人の部屋へ上り込んで中を調べるなんて……。許されないことだって分ってるでしょ」

国原は苦笑して、

「そうか……。お前ら二人して俺を騙《だま》したんだな。それでも娘か」

「それは違います」

と、阿部が言った。「郁子が浮気したなんてでたらめを吹き込んで、僕ら夫婦を騙そうとしたのはお義父さんじゃありませんか」

「もういい、沢山だ」

「私の方も沢山だわ」

と、郁子は声を震わせた。

国原は立ち上って、

「俺を追い出したいんだろう。いいとも、出てってやる。三十分待ってから帰って来い。その間に仕度して出て行く」

「分ったわ。待ってる」

国原は足早に店を出て行った。

郁子は、父の座っていた椅子に、疲れた様子で腰をおろした。

「――大丈夫か」

と、阿部は言った。「麻美は?」

「お隣に預けて来た。大丈夫よ、あそこの子とは仲いいから」

郁子は深くため息をつくと、両手で顔を覆った。「どうして、こんなことになっちゃったんだろう……」

「元気出せよ」

と、阿部は妻の手をそっと握った。

「あの人は私を恨んでるのよ」

郁子は父のことを「あの人」と呼んだ。

「まさか。お父さんじゃないか」

「ええ。でも、今のあの人にとっては、あの団地の中で自分が特別な存在として一目置かれることが一番大切なの。そのために中田さんを犠牲にした。――私はそれを邪魔しようとしてる、それが許せないのよ」

「でも、実の親子なのに……」

「あなたのように、ごく普通のご両親の下で育った人には分らないわね」

と、郁子は夫の手に手を重ねた。「あの人は、人が自分のために尽くしてくれるのを当り前だと思っているの。母に対しても、ずっとそうだった。母のことを愛してなんかいなかったのよ……」

阿部は、しばらく両手で郁子の右手を包んでいたが、

「――出て行くって、お義父《とう》さん、どこへ行くつもりなんだ？」

「知らないわ」

と、郁子は肩をすくめて、「大丈夫。あの人が辛い思いを辛抱したりすることなんてないから」

郁子は息をつくと、

「私もビールでも飲もうかしら」

と言った……。

12　不信の果て

「もう大丈夫だってば」

と、晴美は言った。

「いえ、何が何でも、僕はここで晴美さんを守ります！」

と、石津は腕組みをして、「たとえクビになっても、ここから動きません」

「ニャー……」

「ホームズさんも、『それがいい』と、おっしゃってます」

晴美はふき出して、

「いつからホームズの言うことが分るようになったの？」

「それは……。晴美さんを思う心が通じ合ってるんです」

——晴美の病室である。

すでに夜が明けて、朝食も済んでいた。

「おい、石津」

と、片山が入って来て、「少し眠らないと体をこわすぞ」

「そう簡単にこわれません」

「そりゃ分ってるけどな」

「お兄さん。——何か分った？」

と、晴美が、ベッドに乗って来たホームズのつややかな毛をなでながら言った。

「〈有川信子〉って名で、配膳《はいぜん》の仕事をしていた。制服のままで病院の外へ逃げたことは分ってるが、この近辺を捜索しても見付からない」

「制服じゃ目立つわね」

「そうなんだ。ロッカーにバッグや服が残ってるんで、手をつけずに、監視カメラで見てる。取りに戻るんじゃないかな」

「危険なのは分ってるわよね」

「しかし、あの格好のままじゃ。それに金も持ってない」

「下河さんが言ってたけど、久保崎洋子は逃げるとき、あの人の車椅子に、ひどく足をぶつけたんですって。あれじゃ、少々のけがで済まないんじゃないかって」

「そうか……。よし、この近くの医者を当ってみよう」

「それと——娘さんの殺されたことが、やはりショックだったらしいわ」

「遥か。——そっちの犯人は、男関係だと思うから、いずれ分るだろう」

と、片山は言った。

「恋人に殺された？」

「あの様子から見ると、たぶん……」

「それも悲しいわね」

晴美は片山の方へ手を伸して、「お兄さん」

「何だ？　何かほしいものがあるのか」

石津が、すかさず立ち上って、

「それなら、僕に何でもお申し付け下さい！」

と、声を張り上げた。

「そうじゃないの」

と、晴美は笑って、「あの下河さんって人、刑務所出て、すぐ車にはねられたんでしょ？」

「ああ」

「退院してから、ちゃんと勤められる所を、探してあげて。ね？」

「ああ、分った」

と、片山は晴美の手を取って、「根はいい奴なんだ」

「そう思うわ。入院して、色々学ぶことがあったのよ、きっと」

「そうだ。──頼まれてたことがあったな」

と、片山は思い出して、「入院してる子の母親のことを調べてくれとか……」

「何のこと、それ？」

「いや……。色々あって忘れてた。もう一度確かめてみる。──それより、石津、本当にここにいる気か？」

「います」

「分った。ともかく、夜には交替をよこすから、それまで頼む」

「お任せ下さい！」

と、石津が胸を張り、ホームズは短く、

「ニャン」

と鳴いて、「私もいるしね」とでも言いたげだった……。


自分の呻《うめ》く声で、久保崎洋子はハッと目を覚ました。

喘《あえ》ぐように息をつく。──何か、とんでもなく怖い夢を見ていたような気がするが、どんな夢だったか、思い出せない。

でも……ここは？

洋子は毛布を重ねた上に寝かされていた。

薄暗いが、部屋の中でもないような……。

起き上ろうとして、足が痛んで顔をしかめた。

そうだった。――打った右足がひどく痛んで、倒れてしまったような……。

すると、

「目が覚めましたか」

と、声がした。

ゆうべ会った男だ。

「ここは……」

「私の住いです。まあ、寒いでしょうが、少し辛抱して下さい」

「ここは……テント？」

「洒落《しゃれ》て言えばビニールハウスというか……。要するに、我々ホームレスのすみかです」

「ホームレス……」

「どうです、足は？　痛みますか」

と訊《き》かれて、

「ええ」

と答えたが、じっとしていると痛みはそう感じられない。「何だか――少し楽です」

「そうですか」

男はニッコリ笑って、「良かった。ここじゃ、やれることは限られてるのでね」

洋子は、右足に包帯がきっちり巻かれているのに気付いた。

「これは……あなたが？」

「ええ。──元は医者でね」

「まあ」

「むろん、本当なら病院に行かなきゃだめですよ。でも、行きたくない事情がおありのようだ。それならここで、やれるだけのことをやろうと……」

洋子は少し間を置いて、

「──すみませんでした」

と言った。「ゆうべは、ずいぶんひどいことを言ったんですものね」

「いやいや、人間、痛かったり苦しかったりするときは、つい周囲の人間に当るものですよ。誰でも同じです」

「治療して下さって、ありがとう」

「治療と呼べるようなもんじゃありませんがね」

と、穏やかに、「まあ、当面、ひどくなることは避けられるでしょう」

「それだけでも……」

「でも、ちゃんと治さないと。歩けるようになるのは、大分かかりますよ」

「でも……。ご迷惑をかけるわけにはいきません。どうぞ立たせて下さい」

「いけませんよ」

と、男は洋子が起き上ろうとするのを止める。「まだだめです。また悪化しますよ」

「でも——」

「ともかく三日間、ここにいらっしゃい。そのときの様子で、決めましょう」

と、男は穏やかに言った。「大丈夫ですよ。ここにいる連中はみんな知られたくない傷を抱えてる。誰がここにいようと、口には出しません」

洋子は息を吐いて、ゆっくりと横になると、

「では……お言葉に甘えて」

「ええ、そうして下さい。——これから食料の調達に行って来ます。ちゃんとあなたの分も確保して来ますからね」

「すみません……。私、お金も持ってないんですけど」

「私だって持っちゃいませんよ」

と、男は笑って、「ご心配なく。——じゃ、ちょっと出て来ます」

「はあ……」

洋子は、テントから出ようとする男へ、「先生。ありがとうございます」

と、声をかけた。

　男は振り向いて、

「いやあ、『先生』って呼ばれたのは久しぶりだなあ」

　と、少し照れたように言うと、テントを出て行った……。


　麻美を幼稚園に連れて行った帰り、阿部郁子はスーパーに立ち寄って買物を済ませた。

　スーパーを出て歩きかけると、

「あら！　阿部さん！」

　と、呼ぶ声がして、パタパタとサンダルの音をたて、「阿部さんの奥様でしょ？」

「はい……」

　見憶《みおぼ》えはあった。団地管理組合の役員の奥さんだ。

「あのね、あなたのお父様のことで」

　と、その奥さんは言った。

「父のことですか」

「実はね、ゆうべ遅く、うちへ来られて」

「お宅へ？」

「あの――何でも、お宅にいられなくなったとかで……。何かあったんですか」

「はあ……。すみません」

「いえ、それで主人がお相手したんですけどね。明け方までお酒を飲まれて」

「まあ」

「それはまあ、大したことじゃないんですけど、主人は勤めがありますからね。それに子供たちもびっくりしてしまって」

「そうですよね」

「何だか、うちにしばらく置いてほしいっておっしゃるんですけど、うちも狭いし、一晩二晩ならともかく、何日もとなりますと……」

「申し訳ありません」

と、郁子は謝った。

「いえ、国原さんには色々お世話になってはいるんですけど……。すみませんが、あなたからお父様に話していただけません？」

「分りました」

郁子はため息をついて、「すぐお伺いして連れ帰ります」

「よろしくお願いします。本当にうちがもっと広ければねえ……」

「じゃ、ご一緒させて下さい」

「ええ、それがいいですね」

その奥さんはホッとしている様子だった。それは当然だろう。

奥さんについて行ったが、

「あら――」

玄関のドアは鍵《かぎ》がかかっておらず、「まあ……、お出かけかしら」

国原は、酔いが覚めて、バッグを手に出て行ったらしかった。

「すみませんでした。もうご迷惑はおかけしないと思いますが」

と、郁子は詫《わ》びた。

その棟を出て、郁子は周囲を見渡した。

父はどこへ行ったんだろう?

しかし、父をゆっくり捜している暇はなかった。麻美を幼稚園に迎えに行く時間もある。

気にはなったが、郁子は自宅へと足を向けた……。


晴れてはいるが、ときおり日がかげると、風の冷たさが身にしみる。

「いい加減な奴らだ!」

と、国原は八つ当り気味に口に出した。

子供たちを守るためのパトロール。――そのために、あれほど力を注いだのに。

その礼がこれか。

ほんの数日、泊めてもらうことさえできない。――国原にとって、これはショックだった。

少なくとも、一緒にパトロールをした連中なら、

「よく来てくれましたね！」

「何日でも、好きなだけいて下さい！」

と、きっと争うように、ぜひうちへ、と言ってくれると思っていたのだ。

ところが——これでもう四軒も回ったのだが、どこでも奥さんたちからは、露骨にいやな顔をされ、勤務先の亭主へ連絡しても、

「泊ってもらうのは、ちょっとね……」

と言われてしまう。

「世の中、恩知らずばっかりだ」

国原は、公園の中へと入って行った。

大きな池のある公園。——あの片山刑事を間違って取り押えてしまった所だ。

今は午後。——日射しはあるが、風が冷たくなって、ほとんど遊んでいる子もいない。

国原は、ともかく着替えなどを詰め込んだバッグを手に、公園のベンチに腰をおろした。

まあ……少し遠いが、かつての部下の所に世話になってもいい。あいつらは、まさか断りゃしないだろう。

そのとき——国原はふとわきを見て、息を呑《の》んだ。

池のほとりのベンチの一つに、中田が腰をおろしていたのだ。

「あいつ……」

この団地を出て行くと言ってたくせに。

まあ、あんな奴を泊めてくれる物好きはいないのだろう。――国原は自分のことは棚に上げて、中田がぼんやりと池を眺めているのを見ていた。

あいつのおかげで……。

国原の中に、中田への怒りが湧き上って来た。元はといえばあいつのせいだ。あいつさえこの団地に来なかったら、平和だった。娘とも、こんなこじれた仲にならずにすんだのだ。

するると、

「あら、中田さん」

三つぐらいの小さな女の子の手を引いた主婦が、小径《こみち》をやって来て、ベンチの中田に気付いた。

「ああ……。どうも」

「何してらっしゃるの？　こんな所で」

買物帰りらしく、スーパーの袋をさげている。

「やあ、アイちゃん。――いや、ちょっと考えごとを」

「風邪ひきますよ。寒いのに」

「今夜はね、カレーなの」

と、女の子が言った。

「そうか。いいなあ。おいしそうだね」

と、中田は女の子の頭をなでた。

「あら、いけない！」

と、母親が声を上げて、「肝心のカレーを忘れちゃった！」

「ママ、どうしたの？」

「ちょっと急いで買って来るわ。――中田さん、この子、見てて下さる？」

「いいですよ」

「じゃ、ママ、ちょっとスーパーに戻って買って来るわ。すぐ帰るから、待っててね」

「うん」

「じゃ、中田さん、ごめんなさい」

と、母親は小走りに来た道を戻って行く。

「アイちゃん、池のお魚を見に行くかい？」

と、中田は言った。

「うん」

「じゃ、そこの橋の上に行こう。ママが帰って来たら、すぐ見えるからね」

中田が女の子の手を引いて、池にかかった橋へと歩き出した。

国原は、茂みのかげに身を隠して、そっとその後を尾《つ》けて行った……。


「おい、ちょっと何とかしてくれよ」

と、洗面所から夫の声がした。

刈屋しのぶは、夫が滅多にそんな声を出すことはないので、びっくりしてガスの火を止め、洗面所へと駆けて行った。

「どうしたの、あなた?」

と、しのぶは言ったが——。

次の瞬間には、ふき出しそうになっていたのだった。

顔を洗っている夫に、殺された久保崎遥の所から連れて来た犬のネロがじゃれかかって、パジャマとパンツが半分脱げかかっているのだ。

「おい、笑ってないでどかしてくれよ!」

「ごめんなさい。でも、おかしくて……。ネロ! だめよ、こっちへ来なさい!」

しのぶが声をかけても、ネロは刈屋のそばを離れようとしない。仕方なく、しのぶはネロの首環をつかんで居間へと引張って行った。

「——やれやれ」

刈屋は、ワイシャツ姿でダイニングへやって来ると、「何とかしろよ、あの犬」

「すぐには無理よ」

しのぶはハムエッグの皿を夫の前に置きながら、「コーヒーでいい？」

「うん」

「でも、あなた、犬に好かれるのね。知らなかったわ」

しのぶはコーヒーを注ぎながら、「犬とか猫は苦手かと思ってた」

「苦手だよ。あの犬が特別なんだ」

刈屋浩茂はトーストを食べながら、「どこか、欲しがってる家で引き取ってもらえよ」

「ええ、捜してみるわ」

しのぶは自分のコーヒーにミルクをたっぷり入れた。ネロがやって来て一声吠《ほ》える。

「分ってるわよ。ちゃんとお前にも朝食をあげるから。少し待ってなさい！」

ネロはまた刈屋の足下へ行って、ちょっかいを出し始めた。

「あなた、よっぽどネロと気が合うのね」

と、しのぶは笑って、「ネロって、結構人見知りするのよ」

「犬に好かれてもな」

と、刈屋は苦笑いした。「さあ、もう行かないと……」

しのぶの顔から笑みが消えた。

毎日、こうして出勤《い》していく夫。しかし、夫はもう会社を辞めているのだ。

しのぶは、夫に向って訊《き》きたかった。――しかし、あまりにも「いつも通り」をみごとに演じている夫を見ていると、

「ちゃんと分ってるのよ」

とは言いにくい……。

「じゃ、行って来るよ」

と、玄関へ出て行く夫。

「あなた」

と、しのぶは呼び止めていた。

「うん？　――何だい？」

刈屋は振り返って言った。

しのぶは、ちょっとの間、立ちすくんでいたが、

「少しネクタイが曲ってるわ」

と、歩み寄って直した。「これで大丈夫」

「ありがとう」

刈屋は微笑んで、「それじゃ……」

結局、しのぶは、

「行ってらっしゃい」

と、見送るしかなかった……。

考えてみれば、夫が会社を辞めた三月前ごろから、こんな風に、昼過ぎに家を出て行くことが時々あるようになっていた。

「何時でも、都合のいいときに出社できるように、やり方が変ったんだ」

と、刈屋は説明して、しのぶも全く疑うことなくそれを信じていた。

でも、――きっとそれは刈屋の作り話で、本当は日ごと仕事を探しているのか、それともアルバイトのようなことをしているのかもしれない。

だから日によって出て行く時間が違う……。

今日は一体どこへ行くのだろう？

そう思い付いたとたん、しのぶは自分でもよく分らない衝動に駆られて、大急ぎで外出の仕度をして、部屋を飛び出した。

夫のあとを尾けてみよう。――しのぶはそう思い付いたのである。

あいつ、何を話してるんだ……。

木立ちのかげに隠れて、国原は苛々《いらいら》とその光景を眺めていた。

大きな池にかかった橋の上で、中田はアイちゃんという女の子と一緒にいた。

母親はまだ戻って来ない。スーパーに行って帰って来るには、多少時間がかかる。

しかし――幼い女の子を、あの中田に託して行くなんて、危いじゃないか！　あいつは変質者かもしれないんだぞ。

国原は、それが中田について、自分の作り上げたイメージだということを忘れていた。まるで客観的な事実であるかのように思っていたのだ……。

女の子が弾《はじ》けるような笑い声を上げた。

中田が女の子を抱き上げて、橋の手すりに腰かけさせたのである。池の方に向いて腰をかけた女の子は足をぶらぶらさせていた。

あれでは、ちょっとした弾みで池に落ちてしまう。いや、むろん中田はちゃんと女の子が落ちないように、女の子の体に腕を回して抱いていた。

しかし、もし落ちたら……。

国原は、ふと想像してみた。あの女の子が池に落ちた場面を。溺《おぼ》れるほど深い池ではないだろうが、騒ぎになることは間違いない。

そこへ母親が戻って来て、中田を責める……。

そうだ。――俺が証言すれば。

「中田が、わざと女の子を池に落としたんだ！」

と、警察に話せば、当然信じてくれる。

中田が否定しても、奴は何といっても逮捕された前歴がある。元刑事の国原とどっちが信用されるか、考えるまでもない。

国原は、突然の思い付きだったからか、そんなことが可能かどうか、冷静に判断する余裕を失っていた。

やるなら早くしないと、母親が戻って来る。

国原は木立ちのかげからそっと足を踏み出すと、橋へと近付いて行った。

ちょうど中田を斜め後ろから見る角度になっている。足音をたてないように、用心して近付けば気付かれないだろう……。

簡単なことだ。あの女の子を池に突き落とす。濡《ぬ》れて風邪ぐらいひくかもしれないが、大したことではない。

中田がやったことにして、国原は女の子を助け出す。――水に飛び込むぐらいのこと、たやすいことだ。

ゆっくりと、国原は近付いて行った。

「ママ、帰って来る？」

と、女の子が訊いていた。

「ああ、もうすぐ帰ってくるさ」

と、中田が言った。

ふと、人の気配を感じたのか、中田が振り向いた。同時に、国原は手すりに腰かけた女の子の背中を押していた。

アイちゃんの姿はフッと消えた。水へ落ちる音も、ほとんどしなかった。

「アイちゃん！」

中田が叫んだ。

「お前だ！」

と、国原は言った。「お前が突き落としたんだ！」

国原は、中田が怒って自分へ向って来るか、それとも怖くなって逃げ出すだろうと思っていた。

しかし、そのどっちでもなかった。

中田はチラッと国原を見ただけで、すぐに手すりに足をかけると、池へと飛び込んだのである。

国原は面食らった。しかし――中田に続いて池に飛び込もうとはしなかった。なに、どうせ浅い池なのだ。溺れる心配などない。

国原は、手すりから池を見下ろした。

そこには、あのアイちゃんという子も、中田の姿も見えなかった。――どこへ行ったんだ？

見ていると、ブクブクと泡が浮いて、中田の顔が現われた。あの女の子を抱いている。

「この子を！」

と、中田が叫んだ。「この子を引き上げて下さい！」

中田は、再び頭まで潜ってしまったが、女の子の体を持ち上げて、顔が出るようにしていた。そして再び浮き上って来ると、咳込《せきこ》みながら、橋脚のコンクリートの杭《くい》にしがみついた。

「国原さん！」

と、中田は叫んだ。「この子を助けて下さい！　早く！」

国原はやっと我に返った。あの女の子を死なせるつもりだったわけではない。

「待て！」

国原は橋の上に腹這《はらば》いになると、手すりの隙間から頭を出し、手を橋の下へと伸した。

中田が懸命に女の子の体を高く持ち上げるのだが、そうすると杭をつかんでいられず、ブクブクと潜ってしまう。

「おい！　岸だ！　岸へ泳いで行け！」

と、国原は怒鳴った。

中田が喘《あえ》ぎながら首を振って、

「僕は——泳げないんです！」

と言った。

泳げない？　泳げないのに飛び込んだのか？

「待て！」

国原は立ち上ると、橋から駆け出して、岸の柵《さく》を乗り越えた。

「今行く！」

国原は子供のころから泳ぎが得意だ。上着を脱ぎ捨てると、池へ身を躍らせた。

深い！　——国原は、足が全くつかないのに驚いた。

抜き手を切って泳いで行く。

「アイちゃんを——」

と、中田が言った。

「分った」

国原はぐったりした女の子の体を左腕に抱くと、「つかまってろ。戻って来る」

と、中田に言った。

「いいから、早く！」

と、中田がかすれた声で言った。

国原はすぐに岸へ泳ぎ着いた。

そこへ、母親が走って来た。

「アイちゃん！」

「この子を早く病院へ」

と、池から上ると、「水を飲んでる」

「はい！」

母親は娘を抱き上げると、サンダルを脱ぎ捨て、走り出して行った。

「――真直ぐ行った病院だ！」

と、国原は怒鳴った。「一番近い所へ！」

あの母親に聞こえただろうか。

池から上って、ずぶ濡れになった国原は、その水の冷たさに目の覚める思いがした。

俺は――何をしたんだ？　あの子を水へ突き落として、一体どうするつもりだったんだ……。

「こんな……。こんなはずじゃなかった……」

混乱していた。――狙いは中田だったのだ。それなのに、何の関係もない女の子を、突き落としてしまった。

「俺は……どうかしてたんだ……」

しばし呆然《ぼうぜん》と立ちすくんで、ハッと思い出した。中田は泳げないのだ。

助けに行かなくては！

国原は池の方を振り向いて、

「今すぐ行くから——」

絶句した。橋脚の所に、中田の姿が見えなかったのだ。

「おい！　中田！」

と、力一杯怒鳴った。「どこへ行ったんだ！」

まさか……。沈んでしまったのか？

国原はもう一度池へ飛び込もうとして、左足に猛烈な痛みを覚えた。思わずしゃがみ込んでしまう。

ふくらはぎの筋肉がつったのだ。この寒さの中、冷たい水へ飛び込んだのだから。

「畜生！」

国原は必死で筋肉をもみほぐした。しかし、痛みは容易にひいて行かない。

池の方へ目をやったが、中田の姿は見えない。沈んでしまったのか？　おい！　頑張れ！

「——どうしました？」

と、声をかけられて、国原はびっくりして振り向いた。

自転車に乗った巡査が、ずぶ濡れの国原をふしぎそうに眺めている。

「良かった！　おい、人が溺《おぼ》れたんだ！　助けてやってくれ！」

国原の言葉に、まだ若い巡査は、

「溺れた？　――誰もいませんよ」

と、池の方を見た。「勘違いじゃないですか？　濡《ぬ》れたままじゃ風邪引きますよ。おじいさん」

「何を言ってるんだ！　人が沈んじまったんだぞ！　早く飛び込んで捜せ！」

国原の口調に、巡査は気を悪くしたようで、「あんたね、警察に向ってそういう口をきいていいと思ってるのか？　冗談なら、ただじゃすまないぞ」

と、脅すような言い方になった。

「馬鹿め！　警官の任務は人を助けることだぞ！　早くしないと溺れ死ぬ！」

国原がカッとなって怒鳴ると、相手はますます居丈高になって、

「馬鹿とは何だ！　しょっ引いてやるぞ！」

「早く助けないと――。分った！　もう頼まん！」

国原は何とか痛みをこらえて立ち上ると、もう一度池へと飛び込んだ。

しかし――潜ってみても、冬の弱い日射しはほとんど水の中を明るくしてはくれていなかった。加えて池の底は藻が繁殖して、ほとんど何も見えない。

こんなに深かったのか！

国原は水面から顔を出し、息をついた。

とても見付けられない。――岸へと泳ぎつくと、ポカンとして眺めている巡査へ、

「至急、救助を頼んでくれ！　飛び込めとは言わんから。な、頼む！」

と、喘ぎつつ言った。

「そう言われても……」

巡査が国原の話を信じていないのは明らかだった。――何か妙なじいさんが妄想に駆られている、とでも考えているのだ。

「急いでくれ！　――中田って男だ。池に落ちた子供を助けようとして飛び込んだが……。子供は今母親が病院に……」

そこまで言ったとき、国原は胸に刺すような痛みを覚えた。うずくまって、息をつめる。

どうしたんだ？　――こんなときに、一体どうしたっていうんだ？

国原は、もう言葉も出なかった。そして、そのまま気を失ってしまったのだった……。

13 踏み外した道

「お父さん！」

耳もとで、突然声がした。

「何だ……。うるさいじゃないか」

と、国原は文句を言った。

「お父さん！　気が付いたの？」

「え？　——どうしたって？」

視界が明るくなった。

ボーッとした何かが、やがてはっきりと見えて、娘の郁子の顔になった。

「お前か……」

国原は目をしばたたいて、「ここは……」

「病院よ。心臓の発作で失神してたのよ」

「そうか……」

国原は不意にハッとして、「おい、あいつは？　池を捜してくれたのか？」

郁子の顔が曇った。

「中田さん……見付かったわ。ついさっき」

見付かった。――その言い方で分った。

「死んだのか……」

「ええ。でも、お父さん、中田さんを助けようとしてたのね」

「郁子……」

「それと、お父さんの助けたアイちゃん、無事だったのよ！　少し水を飲んだけど、大丈夫だったって。アイちゃんのお母さんが、お父さんのこと、泣いてありがたがってたわ」

国原は面食らっていた。

「母親が――俺に？」

「改めてお礼にみえるって。――見直したわ、お父さんのこと」

そうじゃない。そうじゃないのだ。

あの子を助けたのは中田なのだ。そして、中田は死んだ。

すべては俺のせいだ。それなのに……。

「外にお巡りさんがみえてるわ」

と、郁子が言った。「お父さんのこと、信用しなかったのが申し訳ないって」

あの巡査か。——いや、あいつのしたことなど、俺の罪とは比べものにならない。

「気にするなと言っといてくれ……」

と、国原は言った。「郁子……。すまなかった」

「お父さん……」

「俺が間違ってた。自分一人、正義の味方のようなつもりで……。旦那《だんな》にも、謝っといてくれ」

「お父さん、大丈夫？」

郁子は父の手を握って、「ともかく、少しのんびり入院して、体を休めるといいわ」

郁子の目が潤んでいる。

国原は、事実を知ったときに郁子がどう思うだろう、と考えていた。

だが今は……。今は、せっかく郁子がやさしく手を取ってくれているのだ。

今はこのままでいたい。——今はもう少し。

国原は娘にそっと笑いかけた。

そこへ、

「失礼します……」

と、声がして、国原の見知っている警官がやって来た。

「ああ……。どうも」

「国原さん、若い者がとんでもない失礼をして……」

「いや、いいんですよ」

と、国原が小さく首を振る。

「それで、国原さん。実は団地の中で、女の子がいたずらされて――」

「何だって？　いつ？」

「つい今しがた連絡が」

「まあ怖い」

と、郁子は言った。「それで……」

「子供は無事です。男の顔は見ていないと……」

「そうか……」

とりあえずホッとする。

しかし――俺はその犯人が中田だと、みんなに思い込ませようとしていたのだ。

「郁子」

「なあに、お父さん？」

「俺がやる」

「え？」

「俺が、その犯人を捕まえてみせる！」

国原の口調は厳しく、そしてどこか思い詰めたものを感じさせて、郁子は思わず息を呑《の》んだのだった……。

「お待たせして」

片山は、応接室に入ると、「担当の者ですが……」

と言った。

五十代の半ばくらいに見える、穏やかな印象の男が、古ぼけたソファから立ち上った。

ごく普通の勤め人という感じだ。

「お忙しいところ、申し訳ありません」

と、ていねいな口調で言った。

「いえ……。どうぞ。お名前は……」

「久保崎悟と申します」

ソファに座りかけた片山は、中腰のまま止った。

「久保崎さん……」

「はい。久保崎睦の父です」

片山はホッと息を吐いて、

「そうですか……。では、娘さんのことを――」

「遥が殺されたと知って、隠れているわけにもいかず」

「そうでしたか」

片山は名のって、晴美の件について話をした。

「——妹さんを、睦が。そうですか。申し訳ありません！」

と、久保崎は頭を下げた。

「いや、謝ってほしいわけじゃありません」

と、片山は急いで言った。「息子さんはもう二十四歳です。あなたの責任じゃありませんよ」

「しかし……妻までが」

と、久保崎は表情を曇らせて、「洋子は、一時神経を病んでいたことがあって」

「洋子さんから、あるいは睦さんから何か連絡などは？」

「いえ、私の連絡先は知りませんから」

「そうですか」

「片山さん。——津村あかねとお会いになったんですね」

「ええ。あなたを弁護していましたよ」

「私は、あかねと暮しているんです」

「——そうですか」

「何もなければ、ずっと名のり出ることもなく、妻や子のことも忘れていたでしょう。しかし、遥が殺され、睦があんなことを……」

「遥さんは、以前の団地におられたんです」

「ニュースで初めて知りました」

と、久保崎は肯《うなず》いて、「犯人は分ってるのでしょうか?」

「いえ、今のところまだ……」

「あの子は——可哀そうでした。犠牲になったのかもしれない」

久保崎の目に涙が浮かんでいた。

久保崎は、少しして気を取り直したように背筋を伸すと、

「片山さん。遥の葬式を出してやりたいと思うんですが」

と言った。

「ああ、もちろん、それは……。他殺ですので、検死解剖の必要があって、多少日数がかかりますが」

「承知しています」

「そうですね。——ちゃんと見送ってあげて下さい」

と、片山は言って、「しかし……。久保崎さん。もし、遥さんのお葬式に、奥さんや睦さんが現われたら……」

「それはあり得ると思います」

と、久保崎は肯いた。「特に睦は、姉の遥のことを慕っていましたから」

「もし現われたら、逮捕せざるを得ませんが……」

「もちろんです」

「お分りですね。その点は」

「睦も洋子も、早く逮捕してやることが愛情だと思います。これ以上、罪を重ねさせては、親として耐えられません」

「分りました」

と、片山は言った。「では、刑事を張り込ませておきます」

「洋子はどこに行ったんだろう。――今のお話では、足をけがしているとか」

「病院や、あの近辺をずっと当っているのですが」

「洋子と睦は連絡を取り合っているのですね」

「そのはずです」

久保崎はため息をつくと、

「あの会社でごたごたがあったとき、私はもう何もかもいやになって逃げ出してしまったんです。――しかし間違っていた。私のせいで、洋子と睦があんなことになるとは……」

片山は久保崎の眉間《みけん》のたてじわの深さに、長く辛《つら》い思いを耐えて来た久保崎の心を思った。

「今はあの津村あかねさんと？」

「ええ。――私みたいな男を心から大事に思ってくれています」

久保崎の表情がふっと緩んだ。「あかねは今身ごもっていまして……」

「そうですか」

「私も頑張って仕事を探さないと。――過去は過去で、きちんと向き合いますが、あかねとの間には未来があるんです」

久保崎の目は別人のように輝いて見えた……。


「どうです？」

洋子が外に出ると、あの「元医師」のホームレスの男が待っていた。

「生き返りました」

と、洋子はまだほてった頬に手を触れながら、「でも――申し訳ありません。本当なら先生が……」

「『先生』は照れくさいなあ」

と、男は笑って、「僕はまた来ますから。それより、足の痛みは大丈夫でしたか？」

「はい。少しズキズキしましたが、もう今は何とも……」

——ホームレスのビニールハウスで、この元医師の治療を受けて、洋子のけがはずいぶん良くなった。

しかし、あの暮しでは、体を洗うことができないのが辛かった。

それを察してか、男が、

「古雑誌や空缶を売ったお金です」

と、洋子に小銭の入った袋を渡して、近くの銭湯に連れて来てくれたのである。

洋子はていねいに体を洗い、お湯に浸《つか》ってすっかり生れ変った気分だった。

「——じゃ、戻りますか」

と、男が言って、二人は歩き出した。

風が冷たかったが、洋子は気にならなかった。

「——でも、先生」

と、洋子は言った。「どうして私にこんなに親切にして下さるんですか。——私なんか、もう若くもないのに」

「医者は患者を、年齢や見た目で選びませんよ」

と、男は言った。「いや、あなたはまだ充分すてきです」

「まあ、こんな年寄りを……」

洋子は少し照れた。

男が、ちょっと間を置いて、

「しかし、あなたはもう出て行くんでしょう?」

「え……」

「もともと、何か目的を持っておられたようだ。足が治ったら、きっと出て行くんだろうと思っていましたが」

「──はい」

洋子は肯いた。「私には、息子がいます。守ってやらないといけないんです」

「そうですか。──あなたの望みが叶《かな》えられるといいですね」

洋子は、ふしぎな気分だった。

もちろん、睦のことは心配だ。それに、遥が殺されたことも、気にかかっている。

しかし、今、男に向って「息子を守ってやらなくては」と言ったとき、洋子は気付いた。

その言葉を、自分に向って言い聞かせるように、努力して言っていたことに。

洋子は、この男との暮しで、自分の中にピンと張りつめていたものが、緩んでいることに気付いたのだ。そしてそれは決していやな気分ではなかった。

「銭湯の代金を払っても少し残った」

と、男は言った。「コンビニで何か買って行きましょうか。何が欲しいですか?」

「そうですね……。私、何か甘いお菓子が欲しいわ」

洋子は遠慮なく言った。

「じゃ、入って選んで下さい」

二人は、コンビニに入ると、パックされたケーキを選び、それにミルクティーのペットボトルを買った。

「──何かもっと必要な物があったんじゃ？」

と、コンビニを出てから、洋子は言った。「すみません、私が甘いものなんか……」

「いいじゃありませんか」

と、男は微笑んで、「いつも、必要な物しか買わないんじゃ、人間らしい暮しはできませんよ。時には、むだな物や、ぜいたくな物も買った方がいい」

男のやさしい言葉に、洋子はなぜか涙が溢《あふ》れて来て困った。

すると、すれ違った中年の女性が、

「──先生！」

と、呼びかけて来たのである。「辻本《つじもと》先生でしょう！」

男は振り向いて、

「人違いですよ。私はそんな名じゃない」

と、早口で言った。

「先生！　私です。看護師だった生野《いくの》です」

「申し訳ないが、他人の空似ですよ」

男は、洋子の腕を取ると、「失礼」

と、会釈して足早に歩き出した。

少し行って、足を止め、

「──私の名は辻本《つじもと》といいます」

と言った。「まさか、こんな所で出会ってしまうとは」

「でも、もう姿が見えませんわ」

「今さら病院へ戻ろうとは思っていませんがね」

何があったのか訊《き》いてみたかったが、洋子はこらえた。

忘れたいからこそ、あのビニールハウスで暮しているのだろう。

「でも、お名前が知れて良かったですわ」

と、洋子は笑顔になった。

「さあ、戻って、ティータイムと洒落《しやれ》ましょう」

洋子と辻本は、公園の中へ入って行った……。

──一方、すれ違った看護師の女性は、間を空けて二人を尾行して来ていた。

ケータイを取り出して、

「──あ、奥様でいらっしゃいますか。病院でお世話になった生野です。──はい、そうです。あの、実は今、ご主人とバッタリお会いしたんです。――ええ、間違いありません。――後を尾《つ》けて公園に。――先生、ここでホームレスの仲間になっておられるようですわ」

ショックだったのか、電話の向うはしばし沈黙した。

「――もしもし、奥様？」

「聞こえてるわ」

と、固い口調の声が聞こえて来た。「本当に、主人がホームレスに？」

「ええ……。残念ですけど、そのようです」

「場所を教えて」

生野直美《なおみ》は説明して、

「どうなさいます？」

と訊いた。

「もちろん連れ戻すわよ！　放っといて、またどこかへ行かれたら――」

「あの、奥様」

と、遮って、「一つ、申し上げておきたいことが」

「何なの？」

「実は――先生は、女と一緒でした」

再び、向うは絶句していたが、

「――若い女?」

「いいえ、そうでもありません。どうやら……同じビニールハウスで寝泊りしているようです」

「一緒に。その女と……」

「もちろん、どういう間柄なのか分りませんけど……」

生野直美が付け加えても、却《かえ》って妻を怒らせるだけだったようで、

「許せない! よりによって……」

と、妻は怒りに声を震わせた。

「あの、奥様……」

生野直美はおずおずと、「私、これから行く所が――」

「私が行くまで待っているのよ!」

と、辻本紀子《のりこ》は言った。

「はあ……でも……」

「動かないで!」

「かしこまりました」

逆らえない習性になっていたのである。

「やあ、久しぶりだな、こんなぜいたくな気分になったのは」

と、辻本は笑顔で言った。「たまには甘いものも悪くない」

「良かったわ、喜んでいただけて」

と、洋子もつい笑顔になっている。

「ビニールハウスが、洒落たティールームみたいに思えて来るな」

「大げさだわ」

と、洋子は笑った。

買って来たコンビニのケーキとミルクティー。ささやかなティーパーティだった。

「でも、先生」

と、洋子は言った。「お医者様で、もっと高級なフランス料理やステーキなんか、いくらでも食べられたんでしょう？　どうしてその生活を捨てて……」

辻本は微笑んで、

「まあ……色々ありましてね」

「ごめんなさい。こんなことを伺ってはいけなかったんですね」

「いや、別に隠すほどのことじゃないんです。珍しくもない話で。――僕はある大病院の院長の娘と結婚したんです。好きでも嫌いでもなかったけど……。しかし、院長は利益第一の人で、医師の使命だの誇りだのとは無縁の人でした。僕は次第に耐えられなくなりましてね」

「そうですか……」

「もちろん、こんな暮しが理想というわけじゃありません。医師として、やるべきことはいくらもある。ただ——この治療でいくら儲《もう》かる、といったことばかり考える日々から離れたかったんですよ」

「奥様も分って下さると？」

「いや、無理でしょうね」

と、辻本は首を振った。「きっと、僕のことを怒ってますよ」

さて、と辻本は立ち上って、

「じゃ、夕飯をどこかで仕入れて来ましょう」

「すみません、いつも。私が今度は——」

「いや、患者はおとなしくしてるもんですよ」

と、辻本は言って、ビニールハウスから出て行った……。

辻本が公園から出たところへ、

「あなた」

むろん、誰かは分っていた。

「紀子……。生野君が知らせたのか」

と、辻本は振り返って、「僕にとっては、今、ここが家なんだ。病院に戻る気はない。放っといてくれ」

「そうはいかないわ」

と、紀子は厳しい顔で、「私たちには娘がいるのよ。忘れたとでも言うの？」

「忘れるもんか。しかし、僕は医者として――」

と言いかけて、辻本は生野直美が警官を伴ってやって来るのを目にした。「――どうしたんだ、警官なんか呼んで来て」

「あなたがおとなしく私と一緒に帰らなかったら、彼女を逮捕してもらうのよ」

「何だって？」

「分ってるのよ、あのビニールハウスの中で、女と暮してるのね」

「何を言ってるんだ！」

「私は、お巡りさんに訴えるわ。その女が私のバッグを引ったくったってね」

「紀子――」

「バッグはなくても、捨てたと思われるでしょ。私がその女に間違いないって言えば、信じてくれるわ」

「そんなことはよせ！」

「――奥様」

生野直美が戻って来て、「お巡りさんに話しました」

「どこです、その女は？」

と、警官が言った。

「違います」

と、辻本は言った。「紀子、あの女性は足をけがして困ってたんで、手当てしてやったんだ。それだけなんだ」

「あら、医者はやめたんじゃないの？」

と、紀子は言った。

それを聞いていた警官は、

「待って下さい。足をけがしていたと？」

「ええ」

「足をけがした女が手配されてるんですよ。――この付近に潜入していると思われるので」

「待って下さい。そんな――手配されるようなことをする人じゃない」

「あなた！　犯罪に巻き込まれるようなことになったら、どうなると思うの？　あの子が学校でいじめられたら」

辻本も、子供のことを持ち出されると、言い返せない。

「久保崎洋子という女です。息子と共に殺人未遂事件に係《かかわ》っているとかで」

「あなた！　車に乗って。帰るのよ！」

と、紀子は言った。「お巡りさん、その女がいるのは、あのベンチの向うのビニールハウスですわ」

「了解しました」

警官が足早に公園へ入って行く。

「――さあ、あなた」

辻本は、紀子と生野直美に両方の腕を取られて、車へと押し込まれた。

「奥様、私、ちょっと予定が――」

「後ろの席で、主人の腕をしっかりつかんでて！　逃げられないようにね」

紀子は運転席にかけて言った。

「はい……」

「ちゃんとお礼はするわよ」

「そういうことじゃないんですが……。でも、いただけるものなら……」

「行くわよ」

紀子がエンジンをかけ、真新しいベンツは走り出した。

洋子は、辻本がベンツに乗って行くのを、木立の間から見送っていた。

そして、辻本と話していた警官が、たった今まで洋子のいたビニールハウスを調べに行くのも見ていた。

──そうだ。これが当り前だ。

医者として、辻本はいつまでもこんな所にいてはいけなかった。

それに、あの警官は洋子があそこに隠れていると察していたのだろう。

警官がビニールハウスから出て来て、連絡を取っているのが見える。

辻本も、洋子が犯罪者と知って、係り合いになりたくなかったのだ。だから、ああしてベンツに乗って行った……。

一旦《いったん》、人肌のぬくもりを覚えた洋子の心は、再び冷えて行った。

私の役目は、睦を守ることだ。

そう。──初めの目的を、迷わずやりとげよう。

それが私のするべきことなのだ。

幸い、足の痛みはずいぶんひいた。

もう一度、あの病院へ何とかして入りこみ、片山晴美に天罰を下してやるのだ。

洋子は、公園から離れた。

五分と行かない内に、サイレンを鳴らして公園の方へ向うパトカーがすれ違って行った。

「おあいにくさま……」

と、洋子は呟《つぶや》いた。「まだ私は捕まらないわよ」

14　すれ違い

「国原さん。――起きてます？」

呼ばれて、国原は目を開けた。

「そう一日中寝ちゃおられん」

と、看護師を見て、「また体温か？」

「いいえ」

と、看護師は笑って、「今、国原さん宛てにこの手紙が」

白い封筒だ。

「届けられたのか」

「ええ。下の受付にね。どなたからかは分りませんけど」

「どうせ大した手紙じゃない」

「ラブレターの来るあてでも？」

「年寄りをからかわんでくれ」

と、国原は苦笑した。

看護師が行ってしまうと、国原はちょっと首をかしげて、封を切った。

手紙を取り出すと、国原は老眼鏡をかけて、それを読み始めた。

読む内に、たちまち国原の顔は真赤に紅潮して来た。

パソコンでプリントされた文字は、冷ややかに国原を笑っているかのようだった。

〈おめでたい元刑事さんへ

まるきり見当違いの男を犯人だと思って追い回した「有能な」元刑事さん。少しはこりたかね？

団地の女の子たちを狙ってるのは、この俺だ。いたずらの手紙じゃないよ。その証拠を見せてやろう。

これを読んだら、すぐ団地の人間に電話してみな。女の子が一人、いたずらされかけたって分るはずだ。

悔しくても、ベッドに寝たきりじゃ何もできないし、お気の毒だね。

俺は親切だから、一つ教えてやる。明日《あした》の夜、団地の小学校で女の子が殺されるだろう。

あんたには絶対に止められない。

ニュースでも見て、歯ぎしりしているんだね。では、お大事に。

幼い女の子の友〉

手紙を封筒へ戻す手は震えていた。

国原はケータイへ手をのばした。取り上げると同時に着信があった。

「もしもし」

「国原さんですか。すみません、交番の者ですが――」

「何かあったのか？」

「つい三十分ほど前に、小学校の女子トイレで……」

「女の子は？　どうした？」

「叫んだので無事でした」

国原は大きく息を吐いた。

「――ともかく、良かった」

「すみません。そういうことがあったら知らせろとおっしゃっていたので」

「ああ。それでいいんだ」

と、国原は言った。「体の方は大丈夫だから、必ず知らせてくれ。それで、男のことは誰か見たのか」

「いえ、先生が駆けつけたときはもう逃げてしまっていました。女の子も、怖くて何も憶《おぼ》えていないと……」

「それは当然だな」

「警戒はしていますが、何しろ団地は広いですし、小学校も幼稚園もあります。パトロールするにも時間がかかって……」

「いや、よくやってくれてるよ。ともかく、団地内に呼びかけてくれ」

国原は、通話を切った。

この手紙の言う通りだ。

しかし、国原は一番肝心のこと——「明日の夜、小学校で女の子が殺される」という予告については、何も言わなかった。

「見ていろ……」

と、国原は呟いた。「俺を馬鹿にしたらどうなるか、思い知らせてやる」

病室に娘の郁子が入って来て、国原はあの手紙を素早く枕の下に押し込んだ。

「お父さん、お弁当作って来たわ」

郁子が手さげ袋を置いて、「病院の食事じゃ足りないでしょ」

「すまないな。——いいんだぞ、俺のことは放っといて」

「そうもいかないでしょ」

郁子は、父が中田を助けようとしたと信じ込んでいる。そして、あの女の子を救ったと……。

国原は、郁子がやさしくしてくれるだけ、胸が痛んだ。

「具合はどう?」

と、郁子は言った。

「ああ……。大丈夫。この体だって、少しは役に立つさ」

「今はおとなしく寝ていてね。——足りない物はない?」

「そうだな……。拳銃《けんじゅう》が欲しい」

「お父さん……」

と、郁子は苦笑いして、「モデルガンでいい?」

「冗談だ」

「でなきゃ困るわ」

——しかし、国原は本気だった。

郁子がリンゴをむいたりして、二十分ほどで帰って行くと、国原はケータイを手に取った。

「確か……あの店の番号は……」

たまたま憶えやすい番号だったが、それでも確信はなかった。二度、かけ間違えてから、三度目で、やっと目指す相手にかかった。

「——圭子《けいこ》か。国原だ」

「まあ、お久しぶり。ずいぶんみえませんね」

刑事のころ、よく通ったバーのマダムだ。

「ちょっと体を悪くしてな」

「あら、どんな具合なの？」

「大したことはない。な、圭子、以前その店に出入りしてた真木《まき》って男がいただろ」

「ああ、あの人？　真木に何かご用？」

「ちょっと頼みたいことがあるんだ。お前、真木とできてたんだろ？」

「まあ、よくご存知ね」

「俺の目はごまかせないさ」

「今はもう切れてますすよ。物騒でね、あの人は。一緒に捕まりでもしたら……」

「連絡したいんだ。分るか」

「分りますけど……。あの人に何の用なんですか？」

「大したことじゃない、心配するな」

国原は、メモ用紙にケータイ番号を書きつけると、「ありがとう。元気になったら、また顔を出すよ」

「ええ、待ってますよ」

通話を切って、国原は、ちょっと息をつくと、

「たぶん、もう行けないな……」

と呟《つぶや》いた。

「あ……」

昼休み、ビルから出ようとした津村あかねは、足を止めた。

ロビーに片山刑事が立っていたのだ。

「お昼休みにすみません」

と、片山は言った。

「いいえ。――片山さん、でしたね。私に何か？」

「ちょっとお話があって」

「じゃ……。ここでは専務の目につきますから」

あかねは片山と一緒にビルの裏口の方へ向った。

裏から出ると、駐車場の外に小さな喫茶店がある。

「――ここ、会社の人はほとんど来ませんから」

あかねは紅茶とサンドイッチを取って、「食べながらでいいですか？ お昼休みはすぐ終ってしまうので」

「どうぞ。――体を大切にして下さい」

と、片山はコーヒーを飲みながら言った。

あかねは片山を見た。

「片山さん……」

「聞きました。久保崎さんから」

あかねは、フッと息をついて、

「知ってたんですね、あの人」

「娘さんのお葬式を出してやりたいと。——しかし、あなたのことは本当に大事に思っているんですね。よく分りますよ」

あかねの顔に笑みが浮んだ。

「私のことを話してたんですか？」

「おめでただそうですね。あなたに気苦労はかけたくないと」

「あの人ったら……」

「ただ、我々としては、殺された久保崎遥さんの葬式に、捜している久保崎睦が現われるのではないかと思ってるんです。そのために、TVに出てもらうことになって」

「分りました」

と、あかねはしっかりと肯《うなず》いた。「心配はしません。あの人を信じてますから」

「良かった」

片山は微笑んで、「本当は、久保崎さん自身が話したかったんでしょう。でも、会社へ顔を出してはまずいと」

「あの人、仕事を探すと言ってたんです」

「ああ、そのことですか」

と、片山はコーヒーを飲みながら、「さっき、小さな会社ですが就職が決りましたよ」

「本当ですか」

と、あかねは頬を染めて、「もしかして――片山さんが？」

「いや、僕はそんなに偉くありません。ただ、うちの課長が刑事時代に知っていた会社で、喜んで雇ってくれたそうですよ」

「ありがとうございます！」

と、あかねは頭を下げた。

「ただ――久保崎さんはまだ離婚していないわけですし……」

「むろん分っています。――以前はそのことが不安でした。でも今は何でもありません。母になると分ると、強くなります」

「本当ですね。――おっと、失礼」

片山のケータイが鳴ったのだった。

片山は店の外へ出て、

「もしもし。――もしもし？」

「ごめんなさい」

と、沈んだ声が聞こえて来た。「刈屋しのぶですが……」

「やあ。どうしました？」

片山が訊《き》くと、しばし刈屋しのぶは黙ってしまった。片山は切れてしまったのかと思って、

「もしもし。聞こえますか？」

「片山さん……」

しのぶが涙声で言った。「お願い、会って下さい！」

「え？」

「私を助けて！」

「あのね、落ちついて。落ちつくんです。いいですか？　ゆっくり深呼吸して。――何かあったんですか？」

またしばらく沈黙があって、

「――ごめんなさい」

と、しのぶは言った。「取り乱してしまって……。つい、動揺して」

「どうしたんです？」

「いえ……。もう大丈夫です」

「しかし——」

「落ちつきました。ごめんなさい、心配かけて」

「そんなことはいいけど……」

「片山さんの声を聞いたら、気分が落ちつきましたわ」

しのぶは、ややいつもの明るい声になって、

「また団地に来ることがあったら、寄って下さいね」

「だけど……。本当に大丈夫？」

「ええ。——私、ちゃんと主人と話をしますわ」

「会社を辞めていたという件ですね」

「ええ。なかなか正面切って訊けなくて」

「分りますよ」

「でも、放ってはおけませんものね。——それじゃまた」

「あ、もしもし——」

切れてしまった。

片山は首をかしげつつ、刈屋しのぶの口調に、どこか不安なものを感じていた。

しかし、今団地まで行っている時間はない。

「——明日でも行こう」

と呟くと、片山はケータイをポケットに入れ、店の中へ戻って行った。

少し眠って、晴美は目を覚ました。

すると——何だか目の前がぼんやりと明るい。

「目が覚めましたか」

と、石津の声がした。

「石津さん?」

「ホームズさんも一緒です」

と、石津は言って、「いや、可愛いんですよ、ホームズさん!」

「何のこと?」

「白衣の天使に変身したんです」

ホームズがベッドの上にフワリと飛び上った。——白い帽子と白い上っぱり（?）を着せられている。

「凄《すご》く似合うんですよ。看護師姿が」

と、石津は言った。「いや、実は入院患者に猫アレルギーの方がいて、毛が飛んじゃいけないっていうんで、看護師さんがシーツの布でホームズさん用の制服を作って下さったんです」

「ホームズ……」

晴美はゆっくりと頭をめぐらせて、「白いのを着てる？　――そうだわ、白っぽく見える」

石津が目を丸くした。

「晴美さん！　見えるんですか！」

「ぼんやりだけど……。何となく動いてるホームズと、白いのが分るわ。――石津さんの姿も、黒っぽく見えるだけだけど……。ああ！　光が見える！　明るさを感じるわ」

「良かった！　――晴美さん！」

石津は、ベッドの傍に座り込むと、声を上げて泣き出してしまった。

「ちょっと……。石津さん！　そんなに泣かないでよ！」

晴美はあわてて言った。「ちゃんと見えるようになるには、まだ時間がかかるわ、きっと」

「いや、もう大丈夫ですよ！　これでもう……」

涙を拭《ぬぐ》ってまた泣き出す石津だった……。

「――どうかしたのか」

と、車椅子の下河が入って来て、石津が泣いているのを見ると青くなった。「おい！　まさか――死んじまったんじゃないだろうな！」

「殺さないでよ、下河さん」

と、晴美が笑って手を振る。

「何だ、びっくりさせるなよ」

下河は苦笑して、「——何だ、その格好？」

白衣のホームズを見ると、声を上げて笑い出す。

「ニャー」

ホームズがチラッと下河をにらんだ。

「笑うな、って怒ってるわ」

「それは俺にも分るよ」

下河は、晴美の目が自分の方へ向いていることに気付いた。そして、石津を見ると、

「おい、目が……。治ったのか？　それで泣いてるのか」

「ぼんやり見え始めたの」

と、晴美は言った。

「あ、片山さんから連絡です」

石津はケータイを手に、まだグスグスしながら病室を出て行った。

下河はちょっと首を振って、

「あんたの兄さんといい、あの彼氏といい、変った刑事だな」

と言った。

「そうね」

「俺みたいな前科者とあんたを平気で二人きりにしていく。俺があんたの兄だったら、俺みたいな奴、近付けやしないぜ」

と、下河は言った。「しかし——良かったな、治って来て」

「ええ。やっぱり不安だったわ。時間がたてば治ると言われてても、万一、このままだったらどうしようって思うもの」

晴美は、ホームズの頭を指先でそっと撫《な》でた。「帽子かぶって、どんななのかしら。早くはっきり見たいわ」

ホームズが下河を振り返ってみた。

「それじゃ……そろそろ俺も用済みだな」

と、下河は言った。

「用済みって?」

「いや……。俺はもう五十五で、こんな面《つら》だ。二枚目じゃないことは、自分でも知ってる。あんたの目が、まだ完全に治らない内に、あんたの前から消えた方が良さそうだ」

「そんなこと……。私のことを助けてくれたのに」

「だから、いいところを見せただけで消えた方がいい。何しろ——」

「あなたは今のままのあなたでいいのよ。だって、どうせまだあなたは当分入院よ」

「そうだな……。俺はもう行くよ」

「後で休憩室に行くわ」

「ああ。向うで会おう」

車椅子を操って、下河は病室を出て行った。

入れ違いに石津が戻って来て、

「久保崎遥の通夜の準備に行くと、片山さんから」

「石津さんは行かなくていいの？　私なら大丈夫よ」

「いえ、僕は晴美さんについています！」

と、石津は断固として言った。

15　交　差

「じゃあね」

と、郁子は立ち上って、「買物して帰るから」

「ああ、分った」

国原は、ちょっと手を上げて見せると、「旦那《だんな》によろしくな」

「今度の日曜日に、麻美も連れて、三人で来るわ」

「無理しなくていいぞ」

「無理させるのが好きなお父さんが、そんなこと言うの、おかしいわ」

と、郁子は笑って、父の病室から出て行った。

国原は、しばらくじっとベッドから天井を見上げていたが、やがて起き上ると、カーテンを引き、戸棚を開けて服を取り出した。

「あ……」

病院を出てバス停まで行ってから、郁子はしまった、と思った。

麻美の通う幼稚園での〈運動会〉。――もちろん〈運動〉といっても〈お遊び〉だが、そこで撮った麻美の写真を持って来ていたのだ。

父に見せようと思って、忘れてしまったのである。

今度でもいいか、と思ったが、きっと父が喜ぶだろうし……。まだ時間もある。

郁子はもう一度病院へ戻ることにした。

写真を置いてくるだけだから、十分とかかるまい。

病院へと足早に入って、父の病室へ。

少し息を弾ませつつ、

「お父さん！　忘れてた……」

父のベッドは空だった。――トイレかしら？

だが、シーツのわきに、パジャマの袖《そで》らしいものがはみ出している。めくってみると確かにパジャマだ。

郁子は戸棚を開けた。

服がない！　――どこへ出かけたのだろう？

戸棚に小さくたたんだメモがあった。

広げて読んだ郁子は青ざめた。父の走り書きで、

〈郁子。俺はこの手で団地の子を狙う犯人を成敗してやる。これが最後の仕事になるかもしれない。達者でな。　父〉

とあった。

「お父さん……」

まだ遠くへは行っていない。

郁子は病室から小走りに出て行った。

病院の玄関前には、たいていタクシーが何台か待っている。

郁子は中から走り出て来たが、さっき三、四台並んでいたタクシーが、今は一台だけになっているのを見た。

きっとタクシーで団地へ向ったんだ。

〈犯人を成敗してやる〉

というのは、どういうことだろう？

郁子は、一台待っていたタクシーに乗って、自分も団地へと向った。

タクシーの中でケータイを取り出す。

「――もしもし、片山さん？　阿部郁子ですが」

「ああ、どうも。国原さんがどうかしましたか？」

と、片山が訊《き》く。

「それが……」

郁子は、父が置き手紙を残して姿を消したことを話した。

「分りました。団地へ行かれたんですね」

「おそらくそうだと思います。片山さん――」

「すぐ向います」

「ありがとうございます!」

と、郁子は頭を下げていた。

タクシーは団地へと向う。

お父さん……。お願いだから無茶しないでよ。

郁子は心の中で祈っていた。


暗くなるのは早い。

国原は、タクシーが団地の中へ入って行くと、

「そこを真直ぐ行ってくれ」

と、運転手に言った。「――その次の信号でいい」

タクシーを降りると、国原はコートのえりを立て、両手をポケットへ突っ込んで緩い坂

を上って行った。

ここを上ると、小学校の裏手に出るのだ。

もうこの時間、生徒は帰っているはずだが……。しかし、犯人は予告して来ている。

国原は直感的に、犯人が自分に挑戦して来ていると感じていた。あれは本気だ。

えてして、ああいう犯人は自信過剰で、自己顕示欲が強い。

おそらく、本当に小学校の中で犯行に及ぼうとするはずだ、と国原は信じていた。

学校の校舎はもう暗くなっているが、いくつか明りの点《つ》いた窓もある。

本当なら、こっちの裏からは入れないのだが、団地内をパトロールしていた強みで、金網の柵《さく》と塀との境に、人一人通れる隙間があることを知っていた。

校庭に入ると、国原は校舎の方へと足を進めた。

「お疲れさまです」

と、遠くで声がして、教師たちが帰って行く。

国原は、体育館の外を回り、校舎との通路の近くに身を潜めた。

上着の内ポケットから、重い拳銃《けんじゅう》を取り出した。——古い型だが、充分に使える。

手に入れるのに少し苦労したが、

「決して迷惑はかけない」

と、約束してやっと持って来させたのだ。

弾丸は初めから五発入っていた。

五発あれば充分だろう。

「冷えるな……」

と、腕組みをして呟《つぶや》く。

心臓は大丈夫。肝心のときに何かあっては大変だ。

「頑張ってくれよ、心臓……」

俺が犯人を仕止めるまで、ともかくしっかりしていてくれ！

犯人をやっつけた後でなら……。そうだ。

そのときはもう、お役ごめんにしてやってもいい。

国原は、郁子に本当のことを打ち明けるつもりだった。すべてを、正直に。

そうでなければ、中田に対して申し訳がない。――今さら生き返っては来ないが、せめて名誉の回復だけは果してやらなければ。

「郁子……」

と、国原は呟いた。「辛《つら》い思いをさせて、すまなかったな……」

「ざっと見回りましたが」

と、巡査が言った。「国原さんらしい人は見当りません」

って下さい」

「ありがとう」

片山は肯《うなず》いて、「ともかく、団地の巡回をしている方たちにも連絡して、協力してもらって下さい」

「そうします。全体を見回るには人手がないと」

「家に、父が使っていた名簿があります」

と、郁子は言った。

「それはいい。持って来て下さい」

「はい！　すぐに」

郁子は、交番を飛び出すと、駆け出して行った。

「国原さんも、具合が悪いのに無茶をしますね」

と、若い巡査は言った。

「責任を感じてるんですよ、きっと」

と、片山は言った。

もちろん、今は刑事でもない国原が、個人的に犯人を「成敗」するのは違法なことだ。

「なぜ今日なんだろう？」

と、片山は呟いた。

今夜、覚悟を持って病院まで抜け出したということは、何か根拠があってのことに違いない。それは何だったのか……。

　片山のケータイが鳴った。

「もしもし」

「片山さん。——刈屋しのぶです」

「ああ、どうしたかなと思ってた」

「ごめんなさい。今、団地に？」

「ええ。ちょっと……」

「お願いです。お話があるの」

「今？」

「ええ、今でないと」

　しのぶの口調は、どこかいつもと違っていた。片山は少し迷ったが、

「分りました。行きましょう」

「ありがとう。待ってます」

　片山は、巡査に、

「阿部さんが戻って来たら、名簿の人たちに連絡を取って下さい」

　と頼んでおいて、交番を出ると、刈屋しのぶの家へと向った。

玄関のチャイムを鳴らすと、鳴り終るより早くドアが開いた。

「片山さん……。ごめんなさい。無理を言って」

「いや、いいけど……。大丈夫?」

普通ではない。

居間に入って、明るい光の下で刈屋しのぶを見て、片山は不安になった。

「どうしたんだ?」

と、片山は言った。

「そんなにひどい顔、してる?」

と、しのぶは微笑んだ。

「いや、何だか……やつれてる」

「そうね。――きっとそうよね」

しのぶはソファに浅くかけていたが、スッと立ち上ると、「片山さん、来て」

「え?」

「お願い。こっちに」

何か言う間もなく、しのぶは奥の部屋へ入って行く。仕方なく、片山はついて行った。

寝室に入ると、しのぶは振り向いて、

「主人は出かけたわ。今夜は帰って来ない」

と言った……。

「——何してるんだ？」

片山は、しのぶが服を脱ぎ始めるのを見て、面食らった。「ね、やめなさい」

しのぶは答えようともせず、服を脱ぎ続け、裸になって、明るい光の下に立った。

「——どういうつもりだい？」

「片山さん……。私を抱いて」

「いけないよ。一体どうしたっていうんだ！」

片山は脱ぎ捨てられた服を拾うと、「さあ、ちゃんと服を着て！」

と、しのぶの方へ差し出した。

「片山さん！」

しのぶが片山へぶつかって来て、片山はよろけた。しのぶが唇を押し付けて来る。

「ちょっと……。落ちついて！」

片山は必死で押し返した。

「抱いて。抱いて。抱いて……」

と、しのぶは何度もくり返した。

そして、片山を抱きしめながら——やがて泣き出したのである。

片山は少しホッとした。

「ね、落ちついて……。どうしたんだ?」

片山はカーペットの上に座った。しのぶは片山の胸に顔を埋めて泣きじゃくっていた……。

こういうときは泣くだけ泣かせておくしかない。——片山としては、経験から(?)そう分っていた。

しのぶはしばらく泣いてから、やっと片山から少し離れて、

「ごめんなさい……」

「いいんだよ。少し気が楽になったかい?」

「あんまり……」

と、しのぶは首を振って、「私……もう何年も、主人に抱かれたことがないの」

「そう……なのか」

「でも、だからって泣いたんじゃないのよ」

しのぶは涙を拭《ぬぐ》って、脱いだ服をかき集めた。

「向うで待ってるよ」

片山は居間へ一人で戻った。

ソファに、あのネロという犬が寝そべっていて、片山を見ると、面倒くさそうに床へ下りた。

「お邪魔だったかい？」

と、片山は言った。

「その犬、妙に主人にはなついているの」

と、しのぶが奥から言った。

「そうか。ご主人は犬好き？」

「そんなことないんだけど……」

片山はふと思い付いた。

この犬は久保崎遥の飼っていた犬だ。

殺された遥……。犬が好きでもない、刈屋にこの犬が妙になついている。

それは――この犬が、刈屋を見慣れているからではないのか……。

「――ごめんなさい」

と、服を着たしのぶが居間へ入って来る。

「君は――気が付いたんだね。ご主人が、久保崎遥の恋人だったことに」

しのぶはソファに静かに座って、

「そう。――それって、遥さんを殺したってことでもあるわね」

「そうとも限らないが……」

「いいえ。確かだわ」

「しかし――」

「私、主人の後を尾《つ》けてみたの」

と、しのぶは言った。「でも、あの人は仕事なんか探してなかった」

「じゃ、どこかで時間をつぶして？」

「そうなの。――初め、どうしてそんな所に行くのか分らなかった。でもくり返される内に……」

「そんな所って？」

しのぶは片山を真直ぐに見た。

「あの人は、小学校の校庭を、ずっと見て回っていたの」

「何だって？」

「小学校の校庭で、金網越しに中が見える所を知っていて、そこを回っていたの。――子供たちが駆け回っている姿を、じっと眺めてた」

しのぶは目を伏せて、「次から次へ、あの人は迷うことなく、小学校を回って行ったわ。きっと毎日のように、ああして見て回ってるんだと分ったわ」

「それはつまり……」

「あの人は、小さな女の子にしか興味がないのよ」

「つまり……」

「あの人なんだわ、きっと。この団地で、女子トイレを覗《のぞ》いたりしていたのは」

「家を出て、そのまま団地の近くで隠れていたのかもしれないな」

と、片山は言った。「君……直接訊《き》いたのかい？」

「いいえ。――私、このネロのことに気が付いたとき、思ったの。久保崎遥さんの恋人だっていうのも、きっと……」

「本当の意味で恋人じゃなかった、ってことか」

「遥さんだって、おかしいと思うでしょ。何度も部屋に来て、何もしようとしなければ」

「遥さんも気付いたのかもしれないな」

「きっとそうだわ。――責められて、どうしていいか分らなくなり、殺したんだと思う」

片山は痛ましい思いでしのぶを見た。

「ご主人は今日は？」

「今夜は帰らないって、メールが来たわ」

「帰らない？」

「何か起りそうで、怖いわ」

しのぶは片山の手を握った。

――国原が「犯人を成敗してやる」と言って病院を抜け出した。

偶然だろうか？

「片山さん……」

「聞いてくれ」

片山が国原のことを話すと、

「その犯人が主人なら――」

「今夜……。小学校かもしれない」

「でも、夜には子供はいないわ」

「そうだ。でも、国原さんは明らかにあてのある書き方をしていた」

片山はしのぶの手を軽く握って、「安心していなさい。僕はこれから小学校へ行ってみる」

「私も行くわ」

しのぶは片山の手を握りしめて、「だめと言われても行く！」

「じゃ、一緒に行こう」

――二人は急いで部屋を出ると、団地の中を小学校の建物へと向った。

足早に歩きながら、

「片山さん」

「え？」

「私のせいかしら」

「——何が？」

「あの人が子供にだけ関心を持ってたこと、私が、何とかしてあげられれば良かったのに……」

「いや、それは……」

と、片山は胸をつかれて、「君が自分を責めることはないよ。ご主人は病気なんだ。君の力ではどうしようもなかったよ」

「ありがとう」

と、しのぶはかすかに笑みを浮かべた。

——それきり、二人は黙って歩き続けた。

小学校は正門も閉っている。

「中に入る？」

「何か起るとしたら……。やっぱり、中を見回ろう」

片山は、正門の傍に取り付けられたインタホンで、中に連絡した。

少ししてガードマンがやって来ると、門を開けてくれた。

「——さあ。誰も残ってないと思いますが」

と、ガードマンは首をかしげる。

「ともかく、一応中を見て回りたいので」

「分りました。お手伝いしますか」

「いや、正門の辺りにいて下さい。誰かが忍び込もうとしないか、見ていて下さい」

片山たちは、校舎の中へと入って行った。


国原は耳をそばだてた。

――足音がしたようだ。気のせいか？

あまり神経を尖《とが》らせていると、ありもしない音を聞くことがある。

もう一度、上着の下へ手を入れて、拳銃《けんじゅう》の手触りを確かめる。

そして――ハッとした。

今度は間違いない！　足音だ。

タッ、タッ、と小走りな足音が校庭から聞こえて来る。

真暗な中、姿は見えないが、足音は国原のいる方へと近付いていた。

拳銃を抜く。――いよいよか？

いや、早まって関係のない人間を撃ったら大変だ。

やはり体育館の方へやって来る。

校舎の中へ入るのは大変だし、ガードマンも巡回しているから、出くわす心配もある。

もし何かあるとすれば体育館、という国原の勘は当った。

足音はゆっくりになり、辺りを用心するように、ときどきはピタリと止った。

国原は身を潜めて、息を殺した。

体育館の入口は明りがあるから、誰がやって来たか分るだろう。

通路の床が鳴った。そして――男が現われる。

黒ずくめの服装に、大きなマスク。そして毛糸の帽子。――顔は分らない。

しかし、男は腕に重そうな何かを抱えていた。明りの下で、それは大きな黒のビニール袋と分った。

重そうだ。きっと――あの中は女の子だろう。どこかからさらって来たのだ。

男は、体育館の戸を少しずつ、音をたてないように開けた。そして中へ素早く入り込む。

国原は立ち上って、そっと体育館の戸口へと近付いて行った。手が汗ばんでいる。

戸は細く開いたままだった。

体育館の中は暗いが、明りらしいものがチラつく。

国原は戸口に立って、隙間から中を覗いた……。

暗い体育館の一隅で、小さな明りに浮んで見えたのは、床に横たえられた女の子の赤いスカートと、その上に覆いかぶさっている男の姿だった。

国原は拳銃を構えて、しっかり狙いを定めた。そして、

「おい！　何してる！」

と、声をかけた。

男が体を起こした。

「こっちを向け!」

ゆっくりと男は振り向いた。

「あんたは……。刈屋さんか!」

国原は息を吸い込んで、「その女の子から離れろ」

「あんたには撃てないよ」

と、刈屋が言った。

「何だと?」

「僕を射殺したら、あんたも殺人罪になる。それでも撃つかい?」

「撃つとも!」

汗がふき出してくる。

現役の刑事のときも、人を撃ち殺したことはない。

刈屋が笑った。

「あんたは、もう使えない人間なんだ。用済みなのさ」

「貴様――」

引金に指をかける。

そのとき、

「国原さん」

片山が呼びかけた。

「——片山さんか」

「いけませんよ！　銃を下ろして下さい」

「いや……。これは俺の仕事だ！」

引金を引く。——その瞬間、

「あなた！」

と、しのぶが夫の方へと駆け寄ったのだ。

銃声が体育館の中に響いた。

誰が点《つ》けたのか、体育館の中が明るくなった。——国原は呆然《ぼうぜん》として立ちすくんでいた。

「しのぶ！」

と、刈屋が叫んだ。

しのぶは、ちょうど国原と夫との間に立っていた。夫の方に向いて。

「まさか……」

と、国原が呟《つぶや》く。

しのぶの背中に、ゆっくりと血の染みが広がって行った。しのぶはそのまま、

「あなた……。けがは？」

と言って、二歩、三歩進むと、その場に崩れるように倒れた。

「しのぶ！」

刈屋がかがみ込んで抱き起こした。「どうして、君は……」

片山が国原へ駆け寄って、拳銃を取り上げた。ガードマンが中を覗《のぞ》いて、

「どうしたんですか？」

と、声をかける。

「救急車を呼んで下さい！」

と、片山は言った。「急いで！」

「分りました！」

ガードマンが駆け出して行く。

「あれは……何だ？」

と、国原がかすれた声で言った。

刈屋が床に横たえた、赤いスカートの少女は、丸めたクッションにスカートとブラウスを着せて、ピンで止めたものだったのである。

「国原さん。学校で何かあると予告されてたんですね」

と、片山は言った。「刈屋さんは、わざとあなたに撃たれようとしたんです」

「どうしてだ……」

国原は床に座り込んでしまった。汗が、こめかみを伝い落ちて行く。

「しのぶ！　――しのぶ！　目を開けてくれ！」

刈屋が、妻の体を揺さぶる。

片山はそばへ歩み寄って、膝《ひざ》をつくと、しのぶの手首の脈をみた。

「――弾丸が、ちょうど心臓に」

と、片山は言った。「亡くなっていますよ」

「しのぶ……。どうして僕のことなんか助けたんだ！」

刈屋はしのぶの体を抱きしめた。「死のうとしてたのに……。君を自由にしてやりたかったのに……」

呻《うめ》くような声だった。

「刈屋さん……」

「しのぶは、片山さん、あなたのことが好きだったんだ。だから僕が死ねば、しのぶはあなたを――」

「馬鹿を言うな！」

片山はカッとなって、平手で刈屋の頬を叩《たた》いた。「愛してもいない男を、命がけで守ると思うのか！」

「片山さん……」

「彼女はあんたを愛してたんだ。それをどうして分ってやらなかったんだ！」

刈屋の目から、見る見る涙が溢《あふ》れ出ると、ワッと声を上げて泣きながら、しのぶの体をさらに強く抱きしめた……。

片山は立ち上って、

「国原さん――」

と、振り返り、息を呑《の》んだ。

国原の姿が消えていたのである……。

夜も遅くなると、休憩室はすっかり静かになる。

本当なら、もうじき「寝る時間」なのだが、下河は一人、休憩室でTVを眺めていた。

「――つまらねえもんばっかりだ」

と、つい口をついて文句が出る。

昼間は「中年女性軍団」に占拠されているので、TVもろくに見られないのだが、いざ夜になって好きにチャンネルを選べても、およそ見たい番組がないのだ。

やたら甲高い声でしゃべりまくるお笑いタレントの声が耳ざわりで、

「やかましい」

と、リモコンでTVを消してしまった。

急にひっそりとして、休憩室が広くなったように感じられる。

もう飽きたぜ……。

入院生活も、初めの内は刑務所より百倍もましだと感激したものだが、人間、じきに慣れてしまう。今は退屈で、早く治って退院したい。

いや……。ここにいてもいい。あの娘がいる限りは。

片山晴美。——刑事の妹に惚《ほ》れる？

「いい年齢《とし》して、みっともねえ」

と、自分をからかった。

もう五十五なのだ。娘といってもいい片山晴美に胸ときめかせるのは本当にふしぎだった。

しかし——それも終りだ。

晴美の目は治りかけている。

はっきり見えるようになれば、こんなくたびれた男のことなど、見向きもしてくれないだろう……。

下河は、ふと入口の方へ目をやった。

パジャマ姿の、あの女の子が立って、下河を眺めている。

「やあ……。亜由ちゃんだったね」

「うん」

「まだ寝なくていいのかい？　看護師さんに叱られるよ」

「大丈夫。パパがお医者さんと話してる」

「そうか」

亜由は入って来ると、

「TV見てたの？」

「消したところさ。――何か見るかい？」

「うん」

下河はリモコンでTVを点けた。

歌番組で、ずいぶん古い歌をやっている。

「これじゃ面白くないね。好きなのを見な」

と、リモコンを亜由へ手渡す。

しかし、亜由はチャンネルを変えようとはせず、TVから流れる歌に聞き入っている。

ふと、下河も気付いた。

この歌は――憶《おぼ》えてるぞ。

するといると、何と亜由がTVの歌手に合せて、その歌を歌い始めたのである。単になぞっているのではなく、本当に知っていて歌っていた。

「亜由ちゃん」

と、下河は言った。「この歌、知ってるのかい？」

「ママがよく歌ってるの」

「ママが？　──そうなのか」

ではやはり……。

「おじちゃんも知ってる？」

「この歌かい？　ああ、知ってる」

そこへ、

「亜由ちゃん。──いたの」

と、松尾布子が入って来た。「お邪魔しないのよ」

「いや、今この歌を教えてくれてたんだ。なあ」

「ママ、よく歌ってるじゃない」

「そうだった？　忘れたわ」

と、布子は言って、「さあ、パパが待ってるわ」

下河は、亜由の手を取る布子へ、

「この歌を知ってるんだね」

と言った。

「さあ……。そう言われてみれば、そんな気もします」

「いつも酔うとこれを歌った男がいた……。知ってるかね」

「そうですか……。何だかよく分りませんけど」

「それならいいんだ。――もう亜由ちゃんを寝かせてやってくれ」

「失礼します」

と、布子が会釈して、「亜由ちゃん、行くわよ」

そこへ、ダブルのスーツにネクタイという格好の男がやって来た。

「ここか！　捜してしまったよ」

「あなた。この子をベッドへ連れて行くわ」

「ああ、そうしてくれ。僕もすぐ行く」

と、男は言った。

亜由が下河に手を振ってみせる。下河も小さく手を振り返す。

一人になった、と思ったら、男が戻って来た。そして下河へ、

「失礼ですが……」

と、声をかけたのである。

「はあ、何か？」

「あの――今、亜由や布子と話していらっしゃるのを、外で聞いていました」

と、男は言った。「私は布子の夫です」

「そうですか」

「今のお話を聞くと、あなたは布子のことをご存知のようですが……」

「いえ、そんなわけじゃありません」

と、下河は言った。「ただ、昔、そういう女を知っていたというだけで」

「では、布子をご存知というわけでは？」

「違いますよ。よく知っていれば、奥さんの方も私を見分けるでしょう」

「実は――」

と、男は言った。「布子は、本当の名前が分らないのです」

「というと？」

「記憶を失って、道を歩いているところを、私が車で通りかかり、危いので一旦《いったん》連れ帰ったのです」

「なるほど……。では記憶を失ったまま、ずっと？」

「ええ。――私は自宅に彼女を置いておきました。やがて、彼女は身ごもっていたことが分ったのです」

「それがあの子ですか」

「亜由です。――放り出すわけにもいかず、彼女の出産の面倒もみました。そして……亜由が一歳になったとき、私は彼女と結婚しました……」

下河は男――松尾を見上げて、

「立派なことですね」

と言った。

「それはどうか分りませんが」

と、松尾は苦笑して、「ともかく、今は家族として、うまくやっています」

「亜由ちゃんも大したことがないといいですね」

「ありがとうございます」

と、松尾は言った。「お邪魔して……。では」

「お幸せに……」

下河は言った。

――しばらく、下河は休憩室にただ一人、じっと車椅子をTVへ向けたまま、動かなかった。

すると、

「あんただったわね」

と、入口の方から声がした。

「――ああ、あのときの」

下河は、女が軽く足を引きずりながら入って来るのを見た。

「ひどい目にあったわ」

と、久保崎洋子は言った。

「そっちが勝手にぶつかったんだ」

「どうだっていいわ。――私の言う通りにして」

洋子は、ナイフを手にしていた。

「まだ諦《あきら》めないのか」

「諦めるわけにいかないの」

と、洋子は下河の方へやって来ると、「命が惜しかったら、言う通りにしなさい」

「何をしろと言うんだ？」

「片山晴美はあんたを信用してるわ。病室へ入るとき、あんたが声をかけるのよ」

下河は、その気になれば、この女をひねり上げてやれると思った。

しかし、そのとき、

「おじちゃん、まだいたの？」

亜由がパジャマ姿で立っていた。

「こっちへ来るな！」

と、下河が怒鳴った。「逃げろ！」

少女には、状況が呑《の》み込めなかった。

洋子が素早く亜由へと駆け寄ると、

「この子を殺すわよ！」

と、しっかり抱きかかえて、ナイフの刃をその白い喉《のど》へ当てたのである。


ホームズがふと頭を上げた。

晴美はウトウトしかけていたが、その気配に目を開けると、

「ホームズ、どうしたの？」

と、声をかけ、片手で毛並をなでた。

病室のドアが開く音がした。

「──どなた？」

晴美の視界は大分明るくなってはいたが、まだぼんやりとしか見えていない。

「下河だ。寝てたかな」

「ああ、大丈夫。入って」

「じゃ、ちょっと失礼するよ。──明り、点《つ》けてるのか」

と、下河は言った。「どうせ何も見えないんだ。もったいないから消しときゃいいのに」

冗談めいた言い方だった。

「だって――」

ホームズの前脚の爪が晴美の手の甲に触れてチクリと引っかかった。

そうだ。下河は晴美が少し見えるようになっていることを知っているはずだ。でも……。

「むだでも、明るい方が気分的にいいわ」

と、晴美は言った。「どうしたの？」

「ちょっと相談したいことがあってな」

「私に？」

「ちょっと――あの休憩室へ付合ってくれるか」

「ええ。まだ入れる？」

「うん。――起きられるか？」

「もう慣れたのよ。あなたの車椅子に手をかけてついて行くから」

「そうしてくれ」

下河は車椅子の向きを変えて、病室を出た。晴美がその背に手をかけて、ついて行く。

「――兄貴はどうした」

「お兄さん？　団地で何かあったようだわ。詳しくは聞いてないけど。石津さんが急な連絡で、今病院の一階へ下りて行ってる」

晴美はついて行って、「——そろそろね」

「よく分るな。大分勘が冴《さ》えて来た」

「居合抜きの稽古《けいこ》でもしようかしら」

と、晴美は笑って言った……。

休憩室へ入る。

下河は中を見回した。

「どうしたの？」

「いや……。奥へ入ろうか」

車椅子を進める。——入口のわきに、身を潜めていた洋子は立ち上って、目の前の晴美の背へとナイフを振り上げた。

その瞬間、車椅子の背に取りついていたホームズが飛び上って、向きを変えると晴美の肩をけって、洋子へと飛びかかった。

「キャッ！」

思いもかけない成り行きに、洋子はあわてて身をよじってよけた。

「逃げろ！」

と、下河が怒鳴った。

晴美は廊下へ飛び出した。石津がちょうどやって来るところで、

「晴美さん！」

と、呼びかけた。

「石津さん！　中に久保崎洋子が！」

石津が駆けつける。

車椅子の下河が、洋子の手首をつかんでねじっていた。

「待て！」

石津が、洋子を後ろ手にねじ伏せた。

「良かった！　――晴美さん、大丈夫ですか？」

「ええ、私は」

石津は、洋子の手首に手錠をかけて、

「全く、こりない奴だな！」

「あの女の子を見付けてくれ！」

と、下河が言った。「人質にとられて、あんたをここまで連れて来たんだ」

「石津さん、ソファの裏にでも――」

石津がソファの裏を覗《のぞ》いて、

「ここにいます！」

と、抱き上げる。

「大丈夫か！」

「気を失ってるけど……。大丈夫だろう。すぐ医者を呼ぶから」

石津が思い切り大声で、「誰か来てくれ！」

その効果たるや、たちまち二人三人と医師や看護師が駆けつけて来た。

「――その子は本当に大丈夫か！」

と、下河が念を押した。

「心配ない。すぐ手当するよ」

医師が亜由を抱いて行った。

晴美は、床にうつ伏せになった洋子のそばへ寄ると、

「洋子さん」

と、声をかけた。「あなたは息子さんをたしなめなきゃいけないんですよ」

洋子は晴美を見上げて、

「あんたは……目が見えてるの？」

「大分回復したんです。特に今のショックで、あなたの顔も分ります」

「そうだったの……」

石津がナイフを拾い上げたが、

「——あれ？　晴美さん、どこかけがしてます？」

と言った。

「私？　いいえ、たぶんどこも」

「ナイフに血が付いてるんです」

「でも、あの子は……」

晴美はハッとして、「下河さん！」

「俺はいいんだ」

と、下河は言った。「もう、これ以上……」

「肩を刺されてる！」

石津は、急いで廊下へ出ると、もう一度大声で怒鳴ったのだった……。

エピローグ

「出棺でございます」

と、声がして、片山は振り返った。

「お兄さん」

晴美が車から降りて来た。

「何だ、お前――」

「もう、ほとんど以前のように見えるわ」

と、晴美は言った。

「そうか！　良かった」

片山は晴美の肩を抱いた。

久保崎悟が出て来る。

「――大変だったのね」

と、晴美は言った。

「団地の方か？　ああ……。気が重いよ」

「でも、仕方ないわね。——遥さんも気の毒」

「全くだ」

「遥さんを殺した人——刈屋っていった？」

「うん。自分を責め続けてるよ」

それだけではない。刈屋しのぶを射殺してしまった国原修吉は、あの公園の池に浮いているのを、翌日発見された……。


——久保崎遥の葬式の日。

青空が澄んで、風は冷たかった。

「本日はありがとうございました」

と、父親の悟が挨拶《あいさつ》している。

「睦は？」

と、晴美が訊《き》く。

「見付かってない。——ここへ現われるかと思ったけどな」

「母親は捕まったのに……」

棺を運び出す。——何人か手を貸すことになった。

悟が涙を浮かべた目で棺に付き添う。

「――お兄さん」

と、晴美が言った。

黒いスーツにネクタイの男が、スッと棺に歩み寄った。

「睦だ……」

「片山さん」

石津を片山は抑えて、

「棺を運び出すまで待とう」

と言った。

斎場の中で火葬になるので、棺はスチールの台に載せられて、ガラガラと押されて行く。

「睦……」

悟が息子の手を握った。「よく来たな」

「うん……」

睦は肯《うなず》いた。「姉さんが泣いてるような気がして。――僕が立ち直らないと」

「そうだ」

睦は晴美の方へ、

「すみません」

と、頭を下げた。「僕のために、結局、母にまで罪を犯させてしまった」

「あなたが本当にやり直せたら、それが親孝行よ」

「ええ……」

片山と石津が、睦の腕を取った。

パトカーが睦を乗せて走り去ると、

「お手数をかけて」

と、悟が片山に言った。

「いえ、穏やかに済んで良かった」

「全くです」

悟は少し迷って、「——あかねとゆうべ話しました。今、洋子を見捨てるわけにいかない。洋子が罪を償って出て来たら、ちゃんと離婚して、あかねと結婚します」

「あかねさんも偉い。——お幸せに」

「ありがとう」

悟は一礼して、火葬場の方へと歩いて行った。

「——でも、目が見えないって経験をして、色んなことが分ったわ」

晴美は、斎場を出ながら言った。

「下河の傷は？」

「三か月くらいはかかるって。けがと骨折で。ブツブツ文句言ってるわ」

「根はいい奴だな」

「そうね。ただ、どこかで道に迷うんだわ、みんな」

そこへ、

「片山さん！」

と、石津が追いかけて来た。「ホームズさんをお忘れです」

「あ、いけね」

「可哀そうに」

晴美は、駆けて来たホームズを抱き上げると、「道に迷わなきゃ、何か忘れるのかしらね」

「ニャー」

と、ホームズは存在を主張した。

解説

吉田《よしだ》伸子《のぶこ》

私にとって、赤川さんの三毛猫ホームズシリーズは、父の思い出と繫《つな》がっている。進学のために上京して以来、実家に帰るのは盆暮くらいだったのだが、ある帰省の折、ふと父の書棚に何気なく目をやると、そこには三毛猫ホームズシリーズが数冊並んでいたのだ。その時の、ちょっとほかほかした気持ちを、今も覚えている。東京で、自分の人生にだけかまけていた親不孝な娘には、遠く離れた実家に一人で暮らす父が、三毛猫ホームズを読んでいる、というのがなんだか微笑《ほほえ》ましく、嬉《うれ》しかったのだ。

今思えば、どうしてあの時、父に三毛猫ホームズの話を振らなかったのか、と思う。父の感想を聞きたかったな、と。大事なことには、いつも後になってから気づく。

三毛猫ホームズといえば、赤川さんの代名詞といっても過言ではない大人気シリーズ（累計部数は、2800万部！）で、テレビドラマ化もされている。数年前、赤川さんの著作の書評で「日本のお茶の間にミステリを定着させたのは、映像ではサスペンス系の二時間ドラマであり、活字では赤川ミステリだと私は思っている」と書いたのだが、このことは折に触れ何度でも書いていきたいと思っている。ミステリは、一部のマニアだけのものではなく、老若男女がそれぞれに楽しめるエンターテインメントなのだ。

本書『三毛猫ホームズの十字路』は、シリーズ第45作。ファンのみなさまにはもうお馴《な》染《じ》みかもしれないが、シリーズの大枠をざっと説明しておく。メインキャラクターは、警視庁捜査一課の刑事でありながら、血を見るのが苦手で、おまけにちょっとした女性恐怖症でもある片山義太郎《かたやまよしたろう》と、彼の妹の晴美《はるみ》。そして、シリーズ途中から登場する、晴美に首ったけの片山の部下・石津《いしづ》。そして、忘れてはいけないのが、三毛猫のホームズ。この三人と一匹が、事件を解決していく、というのがシリーズのメインストリーム。三人で、ではなく、三人と一匹というのがミソで、さらに言うなら、推理の主導をするのが三人ではなく、一匹のほうであるところが、肝である。

今回は、晴美の目が見えなくなる、という衝撃のプロローグから始まる。友人の絵美《えみ》にしつこくつきまとっている男・久保崎《くぼざき》に引導を渡す役割を引き受け、首尾よくその役目を果たした晴美だったが、久保崎の影に怯《おび》える絵美をアパートまで送って行ったところ、久保崎が仕掛けた爆弾から絵美をかばい、目を傷めてしまうのだ。幸いなことに視神経は無事だったし、視力が失われているのも一時的なものだとはいえ、晴美はしばらく入院することに。

大事な妹を傷つけた久保崎を追う片山と石津の前に立ち塞《ふさ》がるのは、久保崎の母親だった。久保崎逮捕に向けて、母親を尾行した片山は、とある団地に行き着くのだが、団地を警邏《けいら》中の元刑事に痴漢と間違われて取り押さえられてしまう。ここから、片山は、その団地内のあれやこれやにもかかわることになるのだが……。

シリーズ共通である、メインの事件と同時に枝葉の部分でも事件が起こり、それが絡まりあい、やがて解きほぐされていく、という筋立て、多様な登場人物が物語を牽引《けんいん》していくというスタイル、は本書でもたっぷりと味わえる。そればかりか、本書では入院中の晴美にまで魔の手が迫り、と読み始めたら最後までぐいぐいと読ませてしまうのは、流石《さすが》。

謎解きに至る道すじを示してくれるのが、三毛猫のホームズである、というお約束もばっちり！　このホームズ、赤川さんの愛猫がモデルなのだが、愛猫家ならではのホームズの描写には、猫好き読者のハートも持っていかれてしまう。そもそも猫好きの間では、三毛猫の賢さは定評があるのだが、ホームズは格段なのだ。まぁ、なんと言っても、名探偵ですからね、ホームズは。

とはいえ、本書が、いや、三毛猫ホームズのシリーズが、ほんわかとしたコージーミステリかと思えば、そんなことはない。口当たりの良いカクテルだと思って杯を重ねていくうちに、気がつくと泥酔してしまうことがあるように、時折、舌を刺すようなぴりりとした苦味が顔を出す。そもそも、登場人物、ばんばん死にますからね。

そう、三毛猫ホームズシリーズは意外と〝歯ごたえ〟があるのだ。たとえば、久保崎の母親がそうだ。息子を溺愛《できあい》するあまり、その捩《ねじ》れた感情が晴美に向かってしまう。片山を痴漢と間違えてしまった、元刑事の国原《くにはら》も、そうだ。定年になってまもなく、妻を喪《うしな》った彼は、抜け殻のようになってしまう。家事一切を妻に任せていた国原に自活する能力はなく、見かねた娘が同居を提案し団地に越してきた、という設定だ。

引っ越し後も1日中TVの前に座っていた国原だったが、団地の自治会長から、見回り班のリーダー役を頼まれたことで、見違えるように生気を取り戻す。そう、彼の張り切りすぎが仇《あだ》となって、片山の捜査を妨害することになるほどに。

この国原の、生活のことは何から何まで人任せなのに、元刑事である、というそのプライドの高さと歪《ゆが》んだ正義感がね、もう、読んでいて、うへぇっとなるんですよ、うへぇっ、と。でも、そこは赤川さん。そういう読者のもやもやした感情も、物語の中で見事に回収してくれるのだ。とはいえ、国原のような、定年後に燃え尽き症候群のようになってしまう男性は、巷《ちまた》にも沢山いるはずで、その辺りの社会性の取り込み方も、鮮やかだ。

さらに、さらに、先ほど、赤川ミステリはほんわかとしたコージーミステリではない、と書きましたが、それとは別に、物語自体というか、赤川さんの人間を見る目には、優しさがあるんです。そこがいい。それは、物語のラスト、晴美の言葉に集約されている。

全ての事件が終わった後、彼女はこう言うのだ。前科のある下河《しもかわ》という男を、「根はいい奴だな」と片山が言った言葉に返して、

「そうね。ただ、どこかで道に迷うんだわ、みんな」と。

晴美のこの言葉が、タイトルの「十字路」とも呼応しているのが、なんとも心憎いじゃないですか。

そうなのだ、ほんわかとはかけ離れた現実の厳しさ、世知辛さまでをもきっちりと描きつつ、けれどその現実に順応することができなかった人を、「道に迷う」と表現するところに、赤川さんの優しい眼差《まなざ》しがあるのだ。しかも、みんな、とすることで、道を誤るのは特別な誰かに限ったことではない、としているあたり、さりげないけれど、本当にいい。三毛猫ホームズシリーズが愛される理由は、こんなところにもある、と思う。

今年の秋、父の七回忌を迎える。三毛猫ホームズの文庫の解説を書いたよ、と伝えたら、父はどんな顔をしただろう、と思う。その顔を見ることはもう叶《かな》わないけれど、三毛猫ホームズシリーズを見かけるたびに、父の書棚を見た時の、あの柔らかな気持ちを思い出せるのは、小さな、けれど確かな幸せ、でもある。

本書は二〇一二年三月に光文社文庫から刊行されました。

三毛猫《みけねこ》ホームズの十字路《じゅうじろ》

赤川次郎《あかがわじろう》

令和4年 5月25日 初版発行

発行者●堀内大示

発行●株式会社KADOKAWA
〒102-8177 東京都千代田区富士見2-13-3
電話 0570-002-301(ナビダイヤル)

角川文庫 23184

印刷所●株式会社暁印刷
製本所●本間製本株式会社

表紙画●和田三造

●お問い合わせ
https://www.kadokawa.co.jp/（「お問い合わせ」へお進みください）
※内容によっては、お答えできない場合があります。
※サポートは日本国内のみとさせていただきます。
※Japanese text only

ISBN 978-4-04-112595-3 C0193

◇◇◇

角川文庫発刊に際して

角川源義

第二次世界大戦の敗北は、軍事力の敗北であった以上に、私たちの若い文化力の敗退であった。私たちの文化が戦争に対して如何に無力であり、単なるあだ花に過ぎなかったかを、私たちは身を以て体験し痛感した。西洋近代文化の摂取にとって、明治以後八十年の歳月は決して短かすぎたとは言えない。にもかかわらず、近代文化の伝統を確立し、自由な批判と柔軟な良識に富む文化層として自らを形成することに私たちは失敗して来た。そしてこれは、各層への文化の普及滲透を任務とする出版人の責任でもあった。

一九四五年以来、私たちは再び振出しに戻り、第一歩から踏み出すことを余儀なくされた。これは大きな不幸ではあるが、反面、これまでの混沌・未熟・歪曲の中にあった我が国の文化に秩序と確たる基礎を齎らすためには絶好の機会でもある。角川書店は、このような祖国の文化的危機にあたり、微力をも顧みず再建の礎石たるべき抱負と決意とをもって出発したが、ここに創立以来の念願を果すべく角川文庫を発刊する。これまで刊行されたあらゆる全集叢書文庫類の長所と短所とを検討し、古今東西の不朽の典籍を、良心的編集のもとに、廉価に、そして書架にふさわしい美本として、多くのひとびとに提供しようとする。しかし私たちは徒らに百科全書的な知識のジレッタントを作ることを目的とせず、あくまで祖国の文化に秩序と再建への道を示し、この文庫を角川書店の栄ある事業として、今後永久に継続発展せしめ、学芸と教養との殿堂として大成せんことを期したい。多くの読書子の愛情ある忠言と支持とによって、この希望と抱負とを完遂せしめられんことを願う。

一九四九年五月三日

角川文庫ベストセラー

三毛猫ホームズの卒業論文　赤川次郎

共同で卒業論文に取り組んでいた淳子と悠一。しかし論文が完成した夜、悠一は何者かに刺されてしまう。二人の書いた論文の題材が原因なのか。事件を追う片山兄妹にも危険が迫り……人気シリーズ第40弾！

三毛猫ホームズの降霊会　赤川次郎

霊媒師の柳井と中学の同級生だった片山義太郎は、妹・晴美、ホームズとともに3年前の未解決事件の被害者を呼び出す降霊会に立ち会う。しかし、妨害工作が次々と起きて――。超人気シリーズ第41弾。

三毛猫ホームズの危険な火遊び　赤川次郎

逮捕された兄の弁護士費用を義理の父に出させるため、美咲は偽装誘拐を計画する。しかし誘拐犯役の中田が連れ去ったのは、美咲ではなく国会議員の愛人だった！　事情を聞いた彼女は二人に協力するが……。

三毛猫ホームズの暗黒迷路　赤川次郎

ゴーストタウンに潜んでいる殺人犯の金山を追跡中、笹井は誤って同僚を撃ってしまう。その現場を金山に目撃され、逃亡の手助けを約束させられる。片山兄妹がホームズと共に大活躍する人気シリーズ第43弾！

三毛猫ホームズの茶話会　赤川次郎

BSグループ会長の遺言で、新会長の座に就いたのは25歳の川本咲帆。しかし、帰国した咲帆が空港で何者かに襲われた。大企業に潜む闇に、片山刑事たちと三毛猫ホームズが迫る。人気シリーズ第44弾。